D1724863

Florian Sitzmann

Pokke
&
das halbe Glück

Dieses Buch entstand in Freundschaft,
beflügelt von Wissen, Erfahrung
und im Austausch mit
Christine Weiner und Bernd Görner.

Für Annika,
Emely, Hanna & Georg

Danke für Eure bedingungslose Liebe
& Eure Unterstützung meiner Träume

In Liebe
Euer
Flo & Papa

Florian Sitzmann

Pokke
&
das halbe Glück

Ein Diversity-Roman

1. Auflage, 2023

© 2023 by Florian Sitzmann

Druck und Einband: Schäfermedien
Umschlagmotiv: Michael Apitz, www.apitz-art.de
Lektorat: Imke Sörensen

Autorenteam um Florian Sitzmann:

Christine Weiner: www.christine-weiner.de
                    www.kindercoachen.de
Bernd Görner: www.goernerweiner.de

Liedtext Zitat, mit freundlicher Genehmigung von „Danny Fresh"
www.danny-fresh.de

ISBN 978-3-9825945-0-7

www.dersitzmann.de

Inhalt

Prolog

Ich war schon länger nicht mehr zu Besuch in der Klinik gewesen, die mich wieder auf die Beine gestellt hatte, obwohl ich ja schon lange keine mehr habe. Ganz zu Anfang, in der Zeit nach meinem Unfall, da habe ich sie richtig gehasst. Dieser Geruch in den leeren Gängen, alles weiß, kaum Bilder an den Wänden, alles steril. Aber wie das so ist, wenn man länger an einem Ort bleiben muss, einem Ort, den man schrecklich findet. Dann ist es nötig, schnell etwas zu finden, das man mag – und sei es auch noch so klein. Vielleicht auch einen Menschen oder eine Ecke im Park. Nur für sich selbst. Zum Selbsterhalt sozusagen. Ich habe es schon mit der Schule so gemacht. Ihr kennt das doch sicher auch. Sich in etwas quasi zu verlieben, erleichtert einem die Sache ungemein. Ach, hätte ich mich doch damals nur in Mathe verliebt oder in Englisch! Was wäre dann wohl aus mir geworden ... Aber heute will ich nur am Rande von mir erzählen. Im Mittelpunkt meiner Geschichte stehen zwei Jungs – Jan und Pokke – und zwei Mädchen – Sarah und Zoé. Jan, der wie ich keine Beine mehr hat. Pokke, der bei einer gefährlichen nächtlichen Sprayaktion seinen Arm verloren hat. Sarah, die so herzlich und klug ist, sich aber wegen einer Sache sehr schuldig fühlt. Und Zoé, die Pokkes ferne Prinzessin ist. So nennt man das wohl, wenn man ein Mädchen nur kurz gesehen hat, aber schockverliebt nach Hause geht und sie nicht mehr vergessen kann. Oh ja, und dann gibt es da noch Emely, sie ist ein richtig cooles Mädchen. Ich mag sie sehr. Klar tauchen auch noch viele andere Menschen in meiner Geschichte auf. Eine Klinik ist wie ein Bienenkorb, es summt und brummt und manchmal schreit jemand auf, weil er oder sie gestochen wurde.

Ich habe die Geschichte erzählt bekommen, als ich über Wochen eine Operation nach der anderen hatte und mir noch gar nicht vorstellen konnte, wie mein Leben ohne Beine draußen so sein wird. Die Geschichte hat mir sehr geholfen. Manchmal habe ich den Kopf geschüttelt und manchmal auch gelacht. Und geheult habe ich natürlich auch. Klar. Muss ja sein bei einer richtig guten Geschichte. Da dürfen alle Emotionen mitspielen, sonst ist sie nix. Die Nacht wird heller, wenn du an dich glaubst, Freunde und Freundinnen hast, wenn du Musik liebst, vielleicht sogar machst, Texte magst und wenn dir jemand eine Geschichte erzählt, die dich aufbaut und an der du dich womöglich sogar orientieren kannst.

Ok. Jetzt fange ich aber auch an. Jan kommt gerade mal wieder in die Klinik. Er hat hier Freunde gefunden und ab und zu muss er zur Nachuntersuchung. Wenn er zu Besuch kommt, dann geht er immer in die Cafeteria. Das ist sein Ritual. Ihr wisst, was das ist? Ein Ritual? Wenn man etwas immer wieder tut, weil es einen an etwas erinnert oder guttut. Die Gute-Nacht-Geschichte ist zum Beispiel für Kinder so ein Ritual, aber dies ist keine Gute-Nacht-, sondern eine Wach-auf-und-gib-Gas-Geschichte. Es geht um Lebensmut und Freundschaft. Um das, was mir damals sehr geholfen hat, als ein Freund sie mir erzählte. Bei Jan ist der Mut nämlich wie eine große innere Quelle und Kraft, die er mit anderen Menschen teilen möchte. Er geht mit wachen Augen durchs Leben und nimmt wahr, wo er vielleicht gebraucht werden könnte, wo sein Mut auch anderen Menschen hilft. Am Ende der Geschichte fühlte ich mich stärker und anderen Menschen wieder verbundener. Wenn ihr so wollt, stand ich auf, obwohl ich doch gar keine Beine mehr hatte. Davon kann ich euch erzählen. Nach der Geschichte. Denn die geht jetzt los, an einem bestimmten Nachmittag, als Jan zu einem Besuch in die Klinik kommt und sofort sieht, wer seine Power braucht und wem er sie auch wirklich gern geben möchte.

Der Sitzriese

Jan fiel der Junge sofort auf. Eigentlich hatte er vorgehabt nur kurz einen Espresso zu trinken, um dann seinen Lieblingsdoc zu überraschen – doch dann sah er diesen Jungen, der in seinem Sessel wie ein Schluck Wasser in der Kurve hing. Er saß mit dem Rücken zu ihm, sah aus dem Fenster auf die Ödnis des Parkplatzes. Die Klinik war bestimmt kein Meisterwerk der Baukunst, aber der Parkplatz hatte durchaus Chancen den Preis für die hässlichste und gruseligste Abstellfläche für Autos zu gewinnen. Jan runzelte die Stirn. Der fliegt doch gleich aus dem Sessel, spekulierte er. Hängt da wie ein Affe, der im Baum nach Bananen greift. Affen macht das Spaß. Der Typ hatte keinen, das war auch ohne Röntgenblick und Fachkenntnis zu erkennen.

Die Cafeteria ist in einer Klinik mit der wichtigste Ort – neben den ganzen medizinischen Räumlichkeiten. Das wusste auch Jan, denn er war hier selbst viele Monate lang Patient gewesen. Hier treffen sich die Menschen, die wieder gesünder werden wollen. Es sitzen Familien zusammen, Besuchergruppen, die Ärzte und Ärztinnen, das Pflegeteam und eben auch Patienten wie dieser junge Typ, denen gerade mal der Mumm fürs Leben fehlt und die deswegen fast aus dem Sessel fallen.
„Ein Neuer?", fragte Jan Marlon, der heute Kuchendienst hinter dem Tresen hatte.
„Mmmh", brummte Marlon zurück. „Weiß nicht. Ich glaub, der ist noch nicht lange da. Ich hab den Überblick verloren. Gefühlt kommt hier ja jeden Tag eine Busladung neuer Leute an."
Beide sahen zu dem Jungen rüber.
„Bekomm ich einen Espresso?"

Mit einem „Selbstredend!" schob Marlon Jan eine kleine Tasse über die Holztheke. Viele Worte zu machen, gehörte nicht zu seinen Talenten. Von draußen drang die laute Fanfare eines vorfahrenden Krankenwagens herein.

Jan griff sich ein Tablett, stellte die Tasse darauf, legte noch eine Butterbrezel dazu und zählte ein paar Münzen in der Hand ab.

„Stimmt so", zwinkerte er Marlon zu. „Für den Rest kaufst du dir ein Eis … aber besser nicht hier." Er schüttelte sich. „Besonders das Erdbeereis erinnert an rot eingefärbten Sauerampfer."

„Du weißt nicht, was gut ist", grinste Marlon breit. „Irgendwann spendiere ich dir mal eine Kugel Nougateis, dann kommst du richtig auf den Geschmack und merkst, was wir zu bieten haben."

„Nein danke." Jan schüttelte sich in seinem Rollstuhl.

Er war der Klinik für so vieles dankbar, aber die Verpflegung gehörte nicht dazu. Das Tablett mit einer Hand jonglierend, rollte er zu einem der Tische, die in der Nähe der Theke standen. Vor dem Unfall war er im Café auf seinen Beinen an seinen Platz gelaufen. Die gab es jetzt nicht mehr, aber Jan hatte gelernt, ganz gut ohne Beine zu leben. Seine Arme waren mächtig und stark geworden. Ein Tablett mit einer Hand halten und mit der anderen den Rollstuhl bewegen, war heute kein Problem mehr.

Jan suchte sich einen Platz in der Nähe des Jungen. Mal schauen, wie ich an den rankomme, dachte er. Meine Güte, dem Typ muss es echt mies gehen! Gott sei Dank hatte ich damals mehr Energie. Ihm war vor ein paar Jahren schnell klar gewesen, dass seine Situation schlimm war, er es aber schaffen würde. Das hatte ihm übrigens damals kaum jemand zugetraut, denn es sah nicht gut aus für ihn. Niemand außer seinem Opa. Der war ein wirklich smarter Typ und glaubte an ihn und seine Kraft. Er hatte den Krieg erlebt und Jan darin bestärkt, dass sich vieles überwinden und neu drehen lässt, wenn man an seine Zukunft und sich selbst glaubt. Diese Haltung hatte Jan von seinem Opa übernommen und er lebte sie.

Er hatte in seiner langen Krankenhauszeit alles Mögliche gehabt, aber niemals Schlagseite. Ihm fehlte kein Arm – oben war noch alles dran. Aber untenrum – beide Beine weg! Kein Problem mit dem Gleichgewicht nach rechts und links, alles schön symmetrisch! Keine Gefahr, seitlich vom Stuhl zu rutschen, aber nach vorn und hinten raus war durchaus ein Abgang möglich. So ähnlich wie im Skilift ohne Sicherungsgurt oder im Kettenkarussell ohne Kette vor dem Bauch. Der Vergleich hinkte natürlich ein wenig, denn sie waren hier weder auf der Skipiste noch auf dem Rummelplatz. Das hier war Krankenhaus pur, Reha, Rollstuhl und Rollator. Die drei bösen „Rs". Hier landeten all die Unfallopfer, die für ein Leben mit Handicap flott gemacht werden sollten, nachdem sie in der Unfallklinik nebenan zusammengeflickt worden waren. Und wer noch nie so eine Klinik von innen gesehen hat, der sollte es unbedingt mal nachholen. Nur um mal reinzuschnuppern und zu wissen, was er nicht braucht. Besonders der Geruch der Cafeteria bleibt im Gedächtnis: ein Mief-Mix aus Kaffee, Desinfektionsmittel, Brühwürsten, Angst-Freuden-Schweiß und altem Fett, das dick wie schwerer Nebel in der Luft hängt und sich einem auf die Bronchien legt.

„Haste auch noch was von dem besten aller Pflaumenkuchen?", fragte Jan und drehte sich nach Marlon um. In der Auslage stand nur ein Apfelkuchen.
„Ich geh mal nachschauen." Marlon trabte in Richtung Küche. Er war ein Urgestein der Klinik. Jan kannte ihn noch aus seiner ersten Zeit hier.

„Und?", rief Jan ihm nach.

„Geht's wieder mal nicht schnell genug?", kam plötzlich eine Stimme aus einer anderen Richtung.

Jemand klopfte ihm freundschaftlich von hinten auf die Schulter und drehte Jan dann mit dem Rollstuhl um. Hola Senior! Es war sein Lieblingsdoc, Georg. Seinetwegen war Jan heute da. Er wollte Hallo sagen und zum tausendsten Mal „Danke". Vor sechs Jahren hatte Georg ihm das Leben gerettet. Denn damals hatte das Martinshorn Jan gegolten. Nach dem Unfall war er bei Georg auf dem Operationstisch gelandet und der hatte nicht eher aufgegeben, bis Jan wieder einigermaßen stabil im Leben stand. Na ja. Gestanden hatte er wortwörtlich nicht mehr. Aber er war zurückgekommen.

„Hej, wie schön dich zu sehen!" Georg beugte sich zu Jan runter und umarmte ihn so, wie sich wahre Freunde umarmen.

„Auch 'nen Kuchen, Doc?" Marlon gesellte sich zu den beiden. „Aber nix mit Pflaume. Ist nur noch ein Stück da."

„Wir teilen", zwinkerte Jan ihm zu und schnitt den Kuchen in der Mitte durch.

„Meine Güte hast du Muskeln!" Georg umfasste Jans Oberarm. Du trainierst wohl wieder?"

„Ne, das kommt vom Kuchen teilen", zog Jan ihn auf.

In der Tat hatte Jan in den letzten Monaten unzählige Stunden auf seinem Bike verbracht. Schon kurz nach seinem Unfall war Handbikefahren zu seiner Leidenschaft geworden, ohne die er sich selbst nicht mehr denken konnte. Seit einigen Wochen hatte er sein Training intensiviert. Er bereitete sich auf ein Langstreckenrennen quer durch Norwegen vor. Sein großer Traum war zudem noch die Teilnahme an den Paralympics. Ein Sieg bei der Norwegenfahrt wäre dafür ein erster Schritt. Sein Herz schlug für das Handbiken, weil ihm diese Sportart nicht nur körperliche Freiheit verschaffte, sondern auch eine Quelle unerschöpflicher Motivation für ihn war. Er ließ sich von seiner Behinderung nicht einschränken, im Gegenteil, er nutzte sie als Treibstoff, um höher, schneller und weiterzukommen. Voller Enthusiasmus teilte er seine Erfahrungen und seine Leidenschaft mit anderen Menschen, insbesondere mit jenen, die auch körperliche Herausforderungen zu meistern hatten. Er ermutigte Menschen mit Behinderungen dazu, aktiv zu werden, ihre eigenen Stärken zu entdecken und ihre Grenzen auszuloten. Seine Geschichte war ein Beleg dafür, dass alle Hindernisse überwunden werden können, wenn Menschen nur den Glauben an sich selbst nicht verlieren und die Entschlossenheit haben, ihre Träume zu verfolgen. Wenn Jan mit seinen Armen richtig durchzog, fuhr er wie ein Blitz über den Asphalt. Kein Wunder, ohne Beine war er ja auch leichter. Viel leichter als mit zwei dicken Stampferchen, an denen womöglich noch zwei riesige Latschen hingen, wie er das selbst immer beschrieb. Beine wiegen schließlich ganz schön was. So gesehen wog er jetzt fast nur noch die Hälfte. Er war ein halber Mann geworden. Der Unfall hatte seine zwei Meter auf einen Meter reduziert. Sah man ihm das an? Nicht wirklich. Jan wirkte im Rollstuhl wie ein sitzender Riese. Was den Wettkampf in Norwegen betraf, sah er sich an der Spitze. Dafür tat er alles, was er konnte, denn Jan wusste, wenn er gewann, gewannen auch alle anderen mit. Die, die auf ihn schauten und seine Energie und seinen Mut brauchten, um für sich das Leben wiederzuentdecken. Es war eine große Verantwortung, aber Jan war sich ihr bewusst.

Ich hatte euch ja schon angedeutet, dass Jan nicht nur zu Untersuchungen in die Klinik kam. Er wusste einfach, dass Menschen, die einen Unfall hatten, Unterstützung brauchen. Wenn dann jemand da ist, der auch mal richtige Startprobleme hatte, aber letztendlich gut rausgekommen ist und darum als Vorbild fungieren kann, tut das doppelt gut. Diesen Menschen mag man glauben, dass es geht. Sie leben es schließlich vor. Deswegen bin auch ich immer wieder da draußen unterwegs und spreche mit Menschen. Viele brauchen nach meiner Erfahrung ein offenes Ohr und einen positiven Impuls. Wenn sie dann selbst wollen, geht die Reise los.

„Du bist mein Held, Junge!", strahlte Georg stolz und setzte sich neben Jan. Der war sichtbar verlegen. Für ihn war Georg ein Freund, ein Held, ein Mentor und ein Schutzengel in einem. „Ich war gerade bei den Orthopäden zum Check und wollte danach bei dir vorbeigekommen. Wie läuft es denn so?" „Eigentlich wie immer." Georg atmete schwer durch. „Ich wollte es wären zu dieser Jahreszeit weniger Motorräder unterwegs!"

Das sagte er, obwohl er selbst Motorrad fuhr. Georg fuhr umsichtig und defensiv, aber das taten nicht alle. Viele Auto- und Motorradfahrer rasten nur so über die Berge und durch die Kurven im Wald. Sie fuhren zu schnell, überholten waghalsig und nicht wenige drückten aufs Gas, obwohl sie etwas getrunken hatten. Sie testeten oft leichtfertig ihre Grenzen aus. Aber nicht alle hatten Glück, wie schrillende Martinshörner und Rettungswagen, die in die umliegenden Kliniken fuhren, regelmäßig traurig bewiesen.
„Hat es den auch vom Motorrad gefegt?", fragte Jan den Doc und deutete mit seinem Kinn zu dem Jungen rüber. „Hat er so seinen Arm verloren?"
„Unfall schon, aber anders." Georg tippte mit dem Zeigefinger auf sein Namensschild am weißen Kittel. „Mehr darf ich dir nicht sagen."
„Klar", nickte Jan. „Schweigepflicht."

„Aber ich wäre froh, wenn du dich ein bisschen mit ihm unterhältst." Beide sahen zu dem Jungen rüber und schwiegen einen Moment. „Er gefällt mir nicht", sagte Georg und schüttelte gedankenverloren den Kopf. „Weißt du, er ist schon seit Wochen hier, aber es geht einfach nicht voran. Seine Wunde ist es nicht, die heilt gut, es ist sein Herz. Das ist so schwer und zieht ihn immer wieder runter. Schau selbst, wie er über der Lehne hängt."

„Hab's schon bemerkt", erwiderte Jan und überlegte. Er half gern und fuhr immer wieder in die Klinik – auch um Menschen Mut zu machen und ihnen zu erzählen, dass ihr Leben noch nicht vorbei war.

„Aber ein Stück Willen und Eigenantrieb muss jeder selbst mitbringen", nuschelte er in seinen nicht vorhandenen Bart.

Hier, in der Cafeteria, erinnerte sich Jan immer wieder an die Unterstützung und die Kraft, mit der sein neues Leben begonnen hatte. Ein Leben ohne Beine, aber ein Leben mit sehr vielen Chancen und viel Freude. Jan hatte sie alle ergriffen und dabei nie vergessen, dass auf dem Weg viele Schwierigkeiten, aber eben auch Lösungen lagen.

„Hej, Doc, wie wäre es mit einem Wiener Würstchen?", rief Marlon rüber.

„Irgendwie scheine ich hungrig auszusehen", meinte Georg amüsiert. „Oder sehe ich neben Jan so mager aus?"

„Mensch, Marlon, zieh Leine mit deinen Würstchen! Die schwimmen doch schon ewig im Wasser rum und schmecken total fade." Mit dramatischer Geste warf sich Jan vor den Arzt. „Die sind doch sicher noch von gestern!"

Alle drei lachten und es fühlte sich fast so an, als wären sie auf einer guten Party, würden herumalbern und einfach riesengroßen Spaß haben. Ein paar Patienten, die an einem der Tische Karten spielten, drehten sich um und schüttelten die Köpfe.

„Ich muss weiter. Leider." Georg stand auf. Er sah zu Jan. „Ruf doch vorher an, wenn du das nächste Mal hier bist. Heute ist mein Tag echt eng getaktet. Ich hätte gern mehr Zeit für dich. Entspannte Zeit."

Die es in einer Reha Klinik so gut wie nie gibt, das wusste Jan – und Marlon wusste das auch. Dazu sagten sie aber nichts.

„Kümmere dich bitte ein bisschen um den neuen Jungen", bat Georg Jan im Gehen noch einmal. „Es würde mich beruhigen, denn ich bin die nächsten drei Wochen nicht im Haus. Damit würdest du mir einen großen Gefallen tun. Er kann eine dicke Scheibe von deiner Power gebrauchen."

„Der isst auch dauernd Plunderteilchen mit extra Sahne", flüsterte Marlon Jan schnell zu, so, als wollte er ihn vor etwas warnen. „Wer isst denn bitte diese Kombi? Alter, was stimmt denn mit dem nicht?" Dabei rollte er mit den Augen und schüttelte sich durch. „Außerdem schreibt er sich das auch noch auf." Er tippte sich mit dem Zeigefinger an die Stirn. „Der hat doch nicht alle Latten am Zaun. Wer führt denn bitte schön eine Strichliste darüber, was er hier wie oft in sich rein stopft?"

Die Plunderteilchen hier waren eben nur mit Sahne genießbar, daran erinnerte sich Jan gut. Es brauchte viel Schmierstoff, damit diese trockenen Klumpen ihren Weg in den Magen fanden. Und die Liste, die war ein versteckter Kalender, aber das erklärte er Marlon nicht. Ein paar Geheimnisse brauchten die Patienten auch für sich.

„Ich kann mich auf dich verlassen?", rief Georg vom Gang her.

„Aye, Aye Sir!" Jan tippte sich mit dem Zeigefinger an die Stirn, als hätte er eine Seemannsmütze auf – und als würde der Doc ihn noch sehen.

„Na dann mal viel Spaß", wünschte Marlon. „Ich wette, an dem beißt du dir die Zähne aus. Der bekommt nie Besuch. Das zeugt nicht gerade davon, dass er ein Sympathieträger ist."

Von draußen fiel ein Sonnenstrahl durch die grauen Scheiben vor Jans Füße. Also die Füße, die nicht mehr da waren. Vielleicht ist das ein Zeichen, dachte Jan und erinnerte sich, wie ihm der Doc damals geholfen hatte, als er so richtig in den Seilen gehangen hatte. Denn auch wenn er jetzt oft gute Laune, Kraft und Freude hatte, ganz so einfach, wie es inzwischen aussah, war es eben doch nicht immer gewesen.

An dieser Stelle möchte ich euch noch mal kurz von mir erzählen. Bei mir war es nämlich auch ein Motorradunfall, aber ich bin nicht selbst gefahren. Wir standen an einem Rastplatz und beim Anfahren auf die Autobahn, geriet das Motorrad ins Schleudern und ich fiel auf die falsche Seite der Straße. Auf die Seite, von der gerade ein LKW kam. Ohne meine Eltern, Brüder, Großeltern und Freunde hätte ich es in den Anfängen meiner Rollstuhlkarriere nur schwer geschafft. Darum hoffte ich, als ich die Geschichte von Jan und Pokke das erste Mal hörte, dass Jan sich um Pokke kümmern wird. Klar, in erster Linie müssen wir immer selbst etwas für uns tun, um weiterzukommen, aber ein guter Impuls, ein aufmunterndes Wort oder einfach eine helping hand dürfen auf jeden Fall immer von außen kommen.

Der Plunder Code

„Ich glaub, ich kenn dich!" Mit diesen Worten rollte Jan auf den Jungen zu und lächelte einladend. Für sich selbst hatte er ihm schon einen Spitznamen gegeben: einarmiger Bandit. Georg hatte recht. Der Typ machte den Eindruck, als bräuchte er wirklich und ganz dringend einen Anschubser. Ein: „Jetzt hab mal Mut. Vieles geht ja noch. Unter anderem in der Nase popeln." Und schon war er damit herausgeplatzt.

„Hä?", brummte der Junge unwillig.

Uuuh, ist der aber schlecht drauf, dachte Jan. Vielleicht bin ich etwas zu übertrieben freundlich auf ihn zugegangen? Er wusste selbst, dass Freundlichkeit an diesem Ort schnell mit Mitleid verwechselt wurde. Aber doch nicht in den eigenen Reihen.

„Ich hab überlegt, ob ich dich hier schon einmal gesehen habe", machte Jan unbeeindruckt weiter. Mal sehen, wie er reagiert, überlegte er lässig.

„Biste schon lange hier?", startete er anschließend sofort die nächste Gesprächsrakete, die aber auch nicht wirklich zündete. Mit seinen halblangen Haaren erinnerte der Junge Jan an die Halfpipe-Typen. Er war auch etwa in dem Alter, vielleicht sechzehn oder siebzehn. Im Grunde war er ein cooler Typ und wäre sicher auch aufgefallen, würde er an seinem Tisch nicht eher an einen Pudding erinnern, der gerade aus seiner Packung floss.

„Kannst du skaten?", fragte Jan jetzt direkt und erinnerte sich, wie er selbst noch vor wenigen Jahren auf einem Brett gestanden hätte. So Skater, die machten wirklich Eindruck, aber leider standen ihm ja nicht mal lange Haare. Jans Blick fiel auf den Teller, auf dem noch ein Plunderbrocken und der Rest der klebrigen Sprühsahne zu sehen war.

„Früher."

Okay, dachte Jan. Auf ein Neues. „Und wie viele Plunder haste schon verdrückt?"

„Weiß nicht." Der Junge verzog den Mund. „Vielleicht 144."

„Also fast fünf Monate?", überschlug Jan die Plunderkalkulation.

Ich erklär es euch kurz. 144 war natürlich nicht die Maßeinheit für einen Berg ungenießbarer Plunderteilchen mit Sahne. Es war ein Code. Jeder trockene Plunderbrocken steht für einen beschissenen Kliniktag. Ich war 730 Brezeln lang in der Klinik. Kann mal eben jemand ausrechnen, wie lang das ist? Manche machen Strichlisten, die anderen stopfen Plunder oder Brezeln in sich rein. Jeder Mensch hat ein anderes Hobby. Aber dass das nicht viel bringt, ist euch ja auch klar. Was soll schon besser werden mit gefühlt 20 Kilo mehr auf den Rippen, nur weil man irgendein dämliches Ritual verfolgt?

„Und wie viele Plunder liegen noch vor dir?"

„Weiß nicht."

Oh Mann! Jan stöhnte innerlich auf. Wenn er eines wusste, dann, dass die Energie von „weiß nicht" auf gar keinen Fall ausreiche, um schnell aus der Klinik herauszukommen.

„Ich bin übrigens Jan", stellte er sich dem Typen vor und rollte noch ein bisschen näher an den Tisch heran. Er schickte ihm zur Begrüßung einen Faustcheck und reagierte erleichtert mit „Hey man!", als der Typ endlich aufzuwachen schien und den Gruß erwiderte.

„Und?", zog er den Jungen auf, „möchtest du deinen Namen für dich behalten?" Seine Augenbrauen tanzten und er wackelte frotzelnd mit dem Kopf hin und her. „Oder willste mir die Buchstaben lieber vortanzen und ich rate dann, wie du heißt?"

Tatsächlich, jetzt lächelte der Junge sogar ein wenig. Ging doch!

„Pokke", sagte er und nickte Jan zu.

„Wie? Pokke? Der kleine Bruder von Pokémon? Oder Picke-Pokke voll? Oder keine Pickel, aber Pokkeln? Was ist denn das für ein Name?"

Jan fand sich sehr witzig, aber es war unschwer zu erkennen, dass Pokke noch nicht bereit für solche Art von Späßen war. Trotzdem war da etwas an Pokke, was Jan ziemlich gut gefiel. Ein typischer Skater! Wenn er nur ein bisschen lächelte, sah er ziemlich cool aus. Seine blauen Augen konnten garantiert leuchten und auch seine Klamotten waren echt 1A. Ein stylischer Kapuzenpulli und eine Jeans mit Sneakern darunter. Und das alles auch noch in der richtigen Farbkombi. Junge, Junge, das war etwas, auf das die Mädchen flogen! Die Schlange war sicher lang! Aber ob Pokke das auch schnallte? Im Moment wohl grade nicht.

„Wollen wir Freunde werden?", fragte Jan leise und wusste, dass Pokke ihn nicht hörte.

Freundschaft braucht Zeit, um zu wachsen. Klar, manchmal reicht ein Blick, es macht PENG und du weißt: Wir sind Blutsbrüder, Freunde fürs Leben. Einfach sofort Arsch auf Eimer. In den meisten Fällen aber braucht es Zeit und natürlich auch gemeinsame Erlebnisse, die man teilt. Dann passiert es sogar, dass Menschen miteinander befreundet sind, die sich früher überhaupt nicht mochten. Einfach weil sie offen waren oder es überhaupt zuließen. Es braucht immer Offenheit, Ehrlichkeit und Verlässlichkeit – aber euch fällt dazu sicher selbst eine Menge ein. Das ist doch wie mit der Liebe. Du siehst jemanden und auch da: PENG! Aber danach muss man eben etwas dafür tun, sonst wandert die Liebe weiter zum nächsten. Soll heißen: Man muss sich immer anstrengen.

Vielleicht wollte Jan auch nur Georg etwas zurückgeben, aber das war nicht alles, denn jetzt, wo er so vor Pokke stand … Nein, da war mehr. Da war etwas, das ihn neugierig machte.

„Hast du Lust, dass wir eine Runde miteinander drehen und frische Luft schnappen?"

„Nee." Pokke schüttelte den Kopf. „Keinen Bock."

Er stand auf, winkte Jan zu, ließ Teller und Tasse einfach stehen und ging Richtung Ausgang.

Jan sah ihm hinterher und nahm dann Pokkes Teller und Tasse, um das Geschirr an der Theke abzugeben. Abräumen, Kollege! Das macht man hier so. Eigentlich.

Die blonde Prinzessin

Genau genommen hatte Pokke ja nur einen Arm verloren. Da konnte man schon mal sein Geschirr abräumen. Jan ärgerte sich für die Leute in der Cafeteria, die hier wirklich einen guten Job machten, auch wenn der Kuchen nicht unbedingt danach schmeckte und die Sprühsahne grausam war. Es war nicht höflich, sie auch noch abräumen zu lassen wie ein selbsternannter König. Dass Pokke sich offenbar so bemitleidete, dass er andere Menschen übersah, stieß Jan übel auf. Mit einem Arm kannst du noch alles machen. Fast alles! Sogar Bowling spielen. Manche schaffen sogar einen Handstand. Prügeln ist sicher nicht ganz so leicht, weil man mit einem Arm erst mal üben muss, das Gleichgewicht zu halten. Aber jemand anders den Vogel zeigen, funktioniert ganz vorzüglich. Für Jan dagegen war der Schneidersitz unmöglich, obwohl er ja sitzen konnte und auch noch Schneider mit Nachnamen hieß.

Jan plauderte noch eine Runde mit Marlon und ging dann raus, um wieder nach Hause zu fahren. Das Wort rollen benutzte er nie. Früher war er gegangen und jetzt ging er auch noch, Rollstuhl hin, Rollstuhl her. Aber bis zum Ausgang kam er nicht, denn auf dem Gästesofa im Eingangsbereich saß Pokke und schien auf ihn zu warten.

„Man sieht sich ja immer zwei Mal", grinste Jan. „Der Spruch scheint auf uns beide zuzutreffen."

Pokke war unsicher, das war unschwer zu erkennen.

„Ich muss dich etwas fragen", platzte er dann heraus.

Ach, das war es.

„Nur zu, mein Freund. Mal sehen, ob ich antworte."

Natürlich würde Jan antworten. Selbst wenn es etwas Blödes war. In dem Fall konnte er ja sagen: Auf so was Blödes antworte ich nicht. Das war ja dann auch eine Antwort.

„Hattest du auch einen Unfall?" Pokke sah dahin, wo früher Jans Beine gewesen waren.

„Wie kommst du denn da drauf?" Jan tat verständnislos. „Nein, nein, ich bin von Beruf Zauberer und meine Beine warten draußen auf mich. Ich trete hier als Der Mann ohne Unterleib auf. Ist ein wirklich gut bezahlter Job!"

„Wie bitte?" Pokke starrte ihn an. Der Schnellste war er wirklich nicht.

„Okay", Jan ging näher zu Pokke. „Also jetzt ehrlich und ohne Quatsch: ja und nein. Ich war hier mal Patient."

„Was ist passiert? Ein Unfall?"

„Ja, auch als Fahrradfahrer lebt es sich gefährlich."

Am Tag des Unfalls war Jan auf dem Weg nach Hause gewesen. Mit einem schicken neuen Rennrad, das er sich von seinem ersten selbst verdienten Geld gekauft hatte. Jan war ein Typ, der Sport liebte. Das Rad war sein großer erfüllter Traum. Total stylisch mit Flipflop-Lack und Carbonfelgen schimmerte es in mehreren Farben in der Sonne. Er fuhr immer ein Stückchen auf der Landstraße, weil er da so richtig Gas geben und im dicksten Gang voll durchziehen konnte, denn der Rad-Fußweg war meist voll mit Spaziergängern und Müttern mit Kinderwägen. Aber Jan war ein Sprinter. Er wollte seinen Körper spüren. Er liebte diese Geschwindigkeit und genoss es, wenn die Landschaft an ihm vorbeiflog. Am besten mit Musik auf den Ohren. Doch dieses Mal war alles anders. Ein Transporter, dessen Fahrer ihn im Gegenlicht der Sonne einfach nicht sah – und den Jan wegen der zu lauten Musik im Ohr nicht hörte –, nahm die ganze Straße für sich ein, erfasste Jan und zerquetschte seine Beine. Zwei Jahre war er in der Klinik gewesen. Meine Fresse, wie hatte ihm diese Scheiß-Schule auf einmal gefehlt. Selbst die langweiligsten Stunden wurden in seiner Erinnerung grandios, einfach weil alles, alles besser war, als die Beine zu verlieren und deswegen in einer Klinik festzusitzen, aus der er nur raus wollte. Da half auch kein Besuch, weil der Besuch immer wieder ging. Und vor allen Dingen verließ der Besuch die Klinik auf zwei Beinen. Selbst seine Oma konnte besser gehen als er und die war schon über achtzig. Die hatte nur einen Rollator, der ihr half, und nicht so einen hässlichen Rollstuhl, der schwer zu bewegen war und ihn hinderte, dahin zu fahren, wohin er wollte.

Das verbindet mich übrigens auch mit Jan, nur dass es bei mir ein Laster war. Aber alles, was danach kam, die Operationen, die Angst, die Intensivstation – da musste auch Jan durch und so viele andere Menschen, die einen Unfall hatten. Bei manchen geht es gut aus, andere wie Jan, Pokke und ich müssen sich an ein ganz neues Leben gewöhnen – und das bedeutet sich erst mal an so eine Klinik zu gewöhnen und dann womöglich an einen Rollstuhl. Zum Glück finden sich auch dort Freunde und mit der Zeit kann man dann auch wieder Blödsinn machen. Ich war wie Jan auf einen Rollstuhl angewiesen. Und wenn es in seiner Erinnerung der Rollstuhl war, der ihn an vielem gehindert hat, so kann ich euch verraten: Nein, es war nicht der Rollstuhl, sondern damals die Tatsache, dass es so wenig Rampen gab und viel zu viele hohe Bürgersteige, Treppen und sonstige Barrieren, die einem das Leben schwer machen. Der Rollstuhl will dir helfen. Hast du das mal kapiert, wird es leichter. Dann wird der Rollstuhl dein Kumpel, mit dem du auch Blödsinn machst und die Welt bereist. Könnt ihr euch das vorstellen? Oder Sport treiben im Rollstuhl? Denkt mal drüber nach. Wie könnte das klappen? Als ich damals so weit war, da war das Leben wieder lebenswert und ich sah Möglichkeiten, viel Freude zu haben. Und auch Mädchen. Auf dem Brot war damit plötzlich wieder Marmelade anstatt Leberwurst. Komischer Vergleich, das gebe ich zu. Aber ich bin nun mal ein Süßfrühstücker.

Inzwischen war Jan in seinem Rollstuhl schon richtig beweglich. Es war auch nicht mehr so ein schweres Teil wie sein erster, den sie ihm in der Klinik verpasst hatten. Das war eher eine rollende Parkbank gewesen als das, was er heute unter einem Rollstuhl verstand. Da gibt es ganz schöne Unterschiede! Manche Dinger sind so groß und behäbig, da kannst du problemlos als Taxi durch die Gegend rollen und immer noch einen Gast mittransportieren. Richtig schwere Stahlschweine sind das. Aber Jan hatte das nicht lange mitgemacht und sich vom Geld der Versicherung ein edles Sportteil gegönnt. Wenn schon Beine ab, hatte er sich gedacht, dann soll die Rennschnecke unter mir wenigstens Spaß machen und geil aussehen. Fußgänger kauften sich exklusive Schuhe, er fuhr eben einen exklusiveren Rollstuhl. Sport, Bewegung, Vorankommen und Losrennen waren schon immer sein Ding gewesen. Und sie waren es auch heute noch. Losrennen, auch ohne Beine.
„Hallo!" Schwester Dragoner winkte und steuerte auf Pokke zu.
„Post für Sie, junger Mann!"
„Ach du liebe Zeit", flüsterte Jan Pokke kumpelhaft zu. „Du willst mir doch nicht sagen, dass es die hier immer noch gibt? Ich dachte, die ist schon längst in Rente."

Schwester Dragoner hieß natürlich nicht wirklich so. Irgendjemand hatte sie vor langer Zeit so getauft, weil sie häufig wie ein Feldwebel auftrat und schnell das Kommando übernahm. Der Name wurde dann von einer Patientengeneration an die nächste weitergereicht. Irgendwo in ihrem Inneren war sie vermutlich ein zartes Vögelchen und ganz wachsweich. Sobald es aber um die Klinikregeln ging oder darum, was man zu tun oder zu lassen hatte, konnte sie eine ganz schöne Furie werden. Wie viele Hunderte Jahre sie hier schon arbeitete, konnte niemand genau sagen. Vielleicht war sie auch gar keine Schwester, sondern das Schreckgespenst der Reha-Burg. Jetzt strahlte sie aber aufgeräumt und überreichte Pokke einen großen Umschlag, auf den viele Herzen und Smileys gemalt waren.

„Ich hoffe, Sie haben sich den auch verdient!" Sie hielt den Umschlag prüfend in der Hand. „Krankengymnastik? Gesprächstherapie? Alles gemacht und ordentlich erledigt?"

„Wie immer!", antwortete Pokke – was immer das auch bedeutete. Er nahm den Umschlag achtlos entgegen, faltete ihn und stopfte ihn in einen Beutel.

Schwester Dragoner sah ihm verständnislos zu.

„Manch einer hier würde sich freuen, wenn er so nette Post bekäme." Ihre Stimme wurde belehrend. „Sie sind ganz schön undankbar, junger Mann, wissen Sie das?"

„Lassen Sie mich in Ruhe! Ich bin nicht undankbar!", brüllte Pokke mit einem Mal heraus. „Ich will keine Post und auch keine Anrufe! Geben Sie den Brief doch jemand anders. Jemand, der sich darüber mehr freut als ich."

„Hier bekommst du keine Anrufe", erinnerte ihn Jan. „Wie du weißt, gibt es hier kein WLAN und auch kein vernünftiges Netz."

„Genau!", schrie Pokke weiter. „Alles total kacke hier!"

„Na dann noch einen schönen Tag die Herren", wendete sich Schwester Dragoner ab und machte sich auf den Weg zur nächsten Station, wo die Patienten hoffentlich freundlicher und dankbarer zu ihr waren.

„Fick dich!" signalisierte ihr Pokke mit dem Finger, den man nicht zeigen soll.

„Alter …", versuchte Jan zu deeskalieren. „Jetzt komm mal runter. Sie ist zwar eine Dampfwalze, aber auch Dampfwalzen haben ja Gefühle. Also, das war jetzt echt komplett drüber. Findste nicht?"

Eine der liebenswerten Charaktermerkmale von Pokke war, dass er es schnell einsah, wenn er zu weit gegangen war und es ihm sofort leidtat.
„Mmmh", grunzte er leicht verschämt und zog den Brief wieder hervor. Er drehte ihn zwischen den Fingern seiner verbliebenen Hand. „Ich weiß schon. Der ist von meiner Klasse, sie wollen mich aufheitern."
„Nette Clique, nette Clique!", bemerkte Jan.
„Weil man von hier aus nicht telefonieren kann, denn es gibt in dieser Einöde ja kein scheiß WLAN und auch kein scheiß Netz."
„Nette Clique", wiederholte Jan.
„Jetzt schreiben sie mir jede Woche und ich weiß nicht, was ich denen antworten soll."
„Ich wiederhole: nette Clique!", lachte Jan.
Pokke riss das Kuvert mit den Zähnen auf und eine Wolke aus Konfetti, kleinen Herzen und kleinen Sternchen ergoss sich über ihn. Wie er solchen Kitsch hasste. Etwas mühsam fummelte er mit einer Hand den Brief aus dem Umschlag. Mit den Worten „Da! Lies mal!" schob er den Brief Jan rüber. „Ich schaff das grad nicht."
„Ein Mädchen will dich besuchen kommen", fasste Jan den Brief zusammen. „Ich bin aber der Ansicht, dass die Fresse, die du gerade ziehst, nicht dafür geeignet ist, Damenbesuch zu empfangen."
„Damenbesuch?"
Pokke wurde fast hysterisch.

Was Jan nicht wusste, war, dass Pokke über beide Ohren verliebt war. Nicht in ein Mädchen aus seiner Klasse, sondern in eine holländische Schönheit, die er beim Internationalen Pfingstcamp kennengelernt hatte. Sie hieß Zoé und eigentlich hatten die beiden sich so schnell wie möglich wiedersehen wollen. Zoé hatte langes, blondes Haar, strahlend blaue Augen und das zuckersüßeste Lächeln, das er sich vorstellen konnte. In dem Camp war die Welt noch in Ordnung gewesen. So heil und unbeschwert. Jungs und Mädels aus aller Herren Länder waren da gewesen. Spitzenmäßig war das. Unter ihnen waren auch Zoé und ihre Freundin Anna. Zoé war Pokke sofort aufgefallen. Mit ihren wasserblauen Augen und den strohblonden Haaren erinnerte sie ihn ans Meer, an warmen Sand und einen Strauß wunderschöner bunter Blumen. Pokke hatte Zoé die ganze Zeit über im Auge gehabt, aber erst am vorletzten Abend am Lagerfeuer den Mut gefunden, sie anzusprechen. Sie hatten zusammen Stockbrot ins Feuer gehalten und Marshmallows gegrillt. Zoé hatte so ein süßes Lachen und Pokke hatte sich zum ersten Mal richtig verzaubert gefühlt. Danach hatten sie sich wieder getroffen, aber das war zu spät gewesen, denn ihnen blieben nur noch knapp zwei Tage bis zur Abschiedsparty. Damit ging diese wunderbare Zeit zu Ende.

„Wir schreiben uns und sehen uns bald wieder!", hatten sich beide versprochen und Pokke hatte von dem Moped erzählt, auf das er sparte und mit dem er sie besuchen wollte.

Pokke hatte Zoé versprochen, sie in den Sommerferien in Holland zu besuchen. „Irgendwie komme ich schon hin", hatte er ihr versichert.

Doch vier Wochen bevor es losgehen sollte, hatte er seinen Unfall gehabt – und nun waren die Sommerferien schon einen Monat vorbei. Ob Zoé sich bei ihm gemeldet hatte, wusste Pokke nicht, denn er hatte ihre Adresse und Telefonnummer nach seinem Unfall vom Handy gelöscht, genau wie viele andere Adressen. Einfach gelöscht oder blockiert. Er wollte keine Nachrichten, keine Aufmunterungen und vor allen Dingen niemandem erzählen, wie das gewesen war in der besagten Nacht, als er seinen Arm verlor.

„Steht da was von Zoé drin?" Pokke riss Jan den Brief aus der Hand, um selbst zu lesen. „Gott sei Dank!", atmete er erleichtert auf. „Das hätte ich nicht überlebt!"
„Was ist dir eigentlich passiert?" Jan dirigierte Pokke zu einer der Bänke.
Er sah, dass Pokke nicht erzählen wollte, dass er mit sich kämpfte.
„Ich war ein Sprayer", brachte er nach einer Weile hervor. „Der Beste in meinem Hood. Aber bei einer Nachtaktion hab ich großen Scheiß gebaut."

Immer wieder musste er daran denken. Wie die Lichter damals über den Gleisen flimmerten, wie er seine Schritte gehört hatte. Das leise Geräusch des knirschenden Schotters unter seinen Füßen und der Schreck, als sein Kumpel Viktor ausrutschte und beinahe mitsamt der ganzen Spraydosenkiste auf die Fresse geflogen wäre. Er hörte jetzt noch das unterdrückte Lachen von Viktor, Sam und sich. Sie mussten leise sein, denn sie waren auf das Gelände der Bahn eingestiegen. Über den Zaun. Vor dem blanken Waggon sagte Sam: „Mach doch oder haste Schiss?" Und wie er keinen Schiss gehabt hatte und wie Viktor auf einmal laut schrie, er aber nicht sofort verstand, was er wollte, und dann…
Niemandem wollte er das erzählen. Auch nicht seinem Anwalt, aber das musste er. Aber nicht der Ärztin und auch nicht dem

Psychologen. Niemandem außer dem Anwalt. Darum tat Pokke alles, um sein früheres Leben zu löschen. Er erzählte niemanden von der Nacht. Erzählte niemandem von dem Lokführer, der seinetwegen einen Schock bekam. Pokke versuchte zu verheimlichen, dass es ihn noch gab.

„Du kannst dein vorheriges Leben nicht einfach so löschen", hatte sein Physiotherapeut Timo dazu gesagt. „Die Kontaktdaten aus deinem Adressbuch sind dann vielleicht weg, aber dein Leben bleibt. In deinem Kopf. Du kannst nicht davonrennen, es holt dich ein und irgendwann musst du dich damit auseinandersetzen. Ob du es willst oder nicht."

In einem Moment von Panik fing Pokke an zu glauben, dass niemand mehr sein Freund sein wollte und niemand ihn mehr lieben konnte. Nicht nach dieser schicksalhaften Nacht. Der Moment des Unfalls wiederholte sich danach nahezu jede Nacht. Diese Nacht, die alles verändert hatte, war immer da. Die Bilder, wie er sich mit Sam und Viktor am Bahnhäuschen getroffen und vorher nochmal schnell gecheckt hatte, ob seine Eltern auch wirklich schliefen. Das war einfach, denn seine Eltern machten beim Licht löschen auch immer brav das Handy aus. Das war der Moment, in dem Pokkes Freiheit früher begonnen hatte. Die Freiheit der Nacht. Herumziehen mit Kumpels, durch dunkle Gassen streifen, heimlich rauchen, Bier trinken und Sprühen. Sie hatten sich wie eine Gang begrüßt. Bäm-Bäm-Bäm mit flachen Händen, Fistbump, dann noch ein Fußcheck und wieder Bäm-Bäm. Es war eine laue Nacht gewesen. Der Vollmond reflektierte sein Licht auf den Schienen und keiner rechnete mit dem Schlimmsten.

Bis an sein Lebensende würde er sich an diese Nacht erinnern. Bei jedem Blick in den Spiegel und besonders, wenn er Jacken und Pullover anprobierte, wurde ihm vor Augen geführt, wer er jetzt war. In dieser Nacht war er ein Krüppel geworden! Wie kam man überhaupt in eine Jacke rein mit nur einem Arm? Musste er ab jetzt jedes Mal die Verkäuferin anhauen und fragen: „Können Sie mir bitte in den Hoody helfen?" Alles nur wegen dieser Nacht und der saublöden Idee, auf den Gleisen rumzustapfen und mit Spraydosen an Wagons zu taggen. Weil er den anderen und natürlich auch Zoé zeigen wollte, wer hier der King war. Aus seinen Träumen wachte er oft schreiend auf. Wenn er sich dann an die Schulter griff, fehlte der Arm und der Traum war eben nicht nur ein Traum, sondern bittere Realität geworden. Er hasste sich für diese Nacht und warf alle Nachrichten und Geschenke in den Müll, die aus seinem früheren Leben zu ihm kamen.

Immer wieder poppten die Gedanken hoch, dass sein Leben vorbei war und er niemals das erleben würde, was er sich erträumt hatte.

Gitarre spielen in einer Band – vorbei! Skaten – vergiss es! Motorrad fahren – biste übergeschnappt? Mit Zoé zusammen sein – niemals würde das passieren!

„Ich will das alles nicht!", weinte er los.

„Kann ich gut verstehen", erwiderte Jan jetzt einfach ehrlich. Niemand will so etwas und dennoch müssen einige da durch.

Wart ihr schon mal in einer Klinik? Also nicht nur zu Besuch, sondern als Patient? Wenn ja, dann wisst ihr, wie schwierig das sein kann. Die Tage ziehen sich endlos lang hin. Wenn es dann nicht mal Internet gibt, dafür aber Zimmernachbarn, mit dem man sich nicht so gut versteht, ist das Ganze eine wirklich große Herausforderung. Auch ich verstehe Pokke tatsächlich ein bisschen, obwohl ich selbst nicht so grantig war. Zu meiner Zeit in der Klinik war ich sehr dankbar, dass ich überhaupt wieder aufwachen durfte. Wochenlang war nicht klar, ob ich meinen Unfall und die schweren Verletzungen überleben werde. Ich lag damals auf Intensivstation allein in meinem Zimmer. Hinter mir die Geräte, die Tag und Nacht Geräusche von sich gaben und piepsten. Ich hatte ständig Schmerzen und war damit beschäftigt, mit ihnen klarzukommen. Morphium wurde schnell zu meinem besten Freund, der mir wenigstens ein paar wenige Stunden Ruhe schenkte. Im Grunde wuselte immer jemand um mich herum. Nur morgens, wenn die Schwestern ihre 20-minütige Frühstückpause machten, war ich plötzlich sehr einsam und mit meinen Gedanken und Schmerzen allein. Meine Eltern wechselten sich mit Besuchen ab. Als endlich der Tag kam, an dem ich auf eine normale Station verlegt werden konnte, feierte ich das innerlich wie die größte Party meines neuen Lebens.

„Ich verspreche dir, dass ich dich besuchen komme", hörte Jan sich mit einem Mal sagen. „Natürlich nur, wenn du das willst." Er sah zu Pokke. „Ich erzähle dir, wie ich es geschafft habe, und dann schaffst du es sicher auch. Und ich verspreche dir, dass es mit den Mädchen noch nicht vorbei ist, sondern gerade erst losgeht."

„Das glaube ich nicht", patzte Pokke.

„Du kannst es mir aber glauben, denn heute, sechs Jahre nach meinem Unfall, habe ich das schönste Mädchen als Freundin, das es für mich gibt. Liebe hat mit Armen und Beinen erst mal nichts zu tun. Sie wächst doch aus dem Herzen. Und deine Ausstrahlung kommt doch auch aus deinem Gesicht"

Und er erzählte Pokke, wie er selbst gelernt hatte, wieder an sich zu glauben, und was es dafür an wichtigen Dingen gebraucht hatte: gnadenlose Ehrlichkeit zu sich selbst, Offenheit für andere, echte Freunde und Freundinnen und den Glauben daran, dass alles gut werden kann, auch wenn es grade schlimm aussieht.

„Also, sind wir verabredet?", fragte Jan und puffte Pokke an den Oberarm.

Pokke nickte.

Reden ist Gold

Pokke saß am Tisch in seinem Zimmer und stierte hinaus auf die Wiese, die sich hinter den Parkplätzen den Hang hoch erstreckte. Es war gut, diesen Jan kennengelernt zu haben, aber helfen konnte der ihm auch nicht,

Zoé war für ihn unerreichbar und bittere Vergangenheit geworden. Das Einzige, was ihm blieb, war die Erinnerung an den wärmsten und innigsten Kuss seines jungen Lebens, was die Sache auch nicht grade leichter machte. Er lehnte sich zurück und versuchte sich genau daran zu erinnern, wie Zoé ausgesehen hatte. Ein schmales Gesicht, die leuchtenden Augen, die wach und munter waren. Sie hatte ein winziges Tattoo – einen kleinen Kompass. Warum habe ich sie damals eigentlich nicht gefragt, warum sie sich für dieses Motiv entschieden hat, überlegte er jetzt. Die Stimmung war so schön gewesen. So vertraut. Seine Finger hatten mit ihrem Haar gespielt. Es war so weich! Zoé ... Wie sehr Pokke sich nach ihr sehnte.

Unerwartet und sehr laut furzte Jonathan in seine Kissen.

„Du Arsch mit Ohren!", blaffte Pokke und drehte sich entrüstet zu ihm um. Aber Jonathan reagierte nicht. Wieso hatte man ihm das angetan und dieses riesige Furzkissen auf zwei Beinen in sein Zimmer gelegt? Quälte ihn das Leben nicht schon genug? Dabei hatte sich Pokke erst riesig gefreut, als Schwester Marion ihm letzten Montag eröffnet hatte: „Heute wird ein Junge in deinem Alter auf die Station verlegt. Ich habe vermerkt, dass er zu dir ins Zimmer kommt. Dann bist du nicht mehr so allein und ihr könnt gemeinsam über uns Schwestern herziehen!"

„Werden wir nicht machen!", hatte Pokke geantwortet. „Zumindest nicht über Sie!"

Und dann war Jonathan eingezogen, die alte Furzkanone. Leider glotzte er aber nur blöd in der Gegend herum und sagte kein Wort. Niemand wusste, was mit ihm los war. Arme und Beine, alles war noch dran. Aber sonst fehlte ihm wohl so einiges. Wenn er nicht am Handy spielte oder etwas aß, furzte er. Das war sein ganzes Repertoire. Bravo und herzlichen Glückwunsch! Mehr war von Jonathan nicht zu erwarten. Und selbst wenn man ihn nicht hörte, dann roch man ihn.

Einfach ekelhaft.

Pokke stand vom Tisch auf und öffnete das Fenster. Er schickte Jonathan eine Schwadron Todesblicke. Aber auch die liefen ins Leere, denn Jonathan bekam einfach gar nichts mit: keine Anrede, kein Zucken. Vermutlich hatte er nicht mal eine Verbindung zu sich selbst, wenn ihm ein Furz entwich. Sogar die Fliegen durften ihm ungestört auf der Nase herumtanzen.

„Du Affe", beschimpfte ihn Pokke laut. „Das ist so ekelhaft! Hast du dich nicht unter Kontrolle? Das macht man doch nicht"

Jonathan antwortete nicht. Er daddelte nur weiter auf seinem Handy rum.

„Verdammt!" Pokke schlug mit der flachen Hand auf den Tisch. Der Brief seiner Klasse flog in hohem Bogen durch die Luft. Sie wollten wissen, wie es ihm ging. Baten ihn, doch einmal zu antworten. Schließlich war er Rechtshänder und die Hand war ja noch da! Emely berichtete von Prüfungen, Klara von Sportstunden, Hendrik zählte Fußballergebnisse auf und Marlene hatte ihm ein Blumenbild gemalt. Als wären es Puzzlesteine, schob Pokke die einzelnen Seiten des Briefs auf dem Tisch hin und her. Emely war für ihn wie eine Schwester gewesen. Er kannte sie seit dem Kindergarten, aber nun wusste er nicht, was er ihr sagen sollte. Nichts war mehr, wie es gewesen war.

„Na junger Mann, über was zerbrechen wir uns denn heute wieder den Kopf?"

Oh nein! Schwester Dragoner stand in der Tür. Die hatte Pokke bei seiner Mitleidstour gerade noch gefehlt.

„Oder drehst du heute schon die zweite Runde um dich selbst?"

„Du musst deine Medizin auch nehmen", schimpfte sie kurz darauf mit Jonathan und kontrollierte dessen Pillenbox. Jonathan sah nicht auf.

„Was hat der eigentlich?", fragte Pokke die Dragonerin, die Einzige, die er von der Crew noch nicht befragt hatte.

„Frag ihn doch selbst", erwiderte die Schwester, klappte die Tablettenbox zu, verschloss mit Daumen und Zeigefinger einen imaginären Reißverschluss zwischen ihren Lippen und verließ lautlos das Zimmer.

„Du Blödmann, ich hab dich doch schon oft genug gefragt." Pokke stellte sich ans Ende von Jonathans Bett. Jonathan sah nicht auf.

„Idiot!", zischte Pokke, drehte sich um und ging zur Tür raus. Jonathan furzte.

„Wenn du weiter so auf dich und andere Menschen eindrischst, wird die Beziehung zu deinem Umfeld nicht besser. Die Menschen wenden sich höchstens von dir ab. Nicht weil du ein einarmiger Bandit bist" – Jan sah Pokke ernst an – „sondern weil du lieblos bist. Lieblos, freudlos und obendrein auch noch richtig gemein."

Sie saßen heute nicht in der Cafeteria, dafür war das Wetter zu schön. Stattdessen hatten sie es sich auf einer Bank im angrenzenden Park gemütlich gemacht. Jan hatte Kaffee und Kuchen mitgebracht.

„Selbst gebacken mit unbekanntem Gruß von meiner Liebsten." Er schnitt den Kuchen an, dann blickte er auf. „Ups! Sieht aus, als bräuchten wir noch einen Teller."

Er stupste Pokke an und zeigte mit der Hand nach vorn. Erst wollte Pokke nicht glauben, was er sah. Aber – oh no! – über die Wiese, mit kurzen Shorts und einer pinkfarbenen Bluse, kam Emely auf sie zu geschlendert. Das hatte er nicht erwartet, damit hatte er nicht gerechnet, das hatte er nicht gehofft und darauf war er schon gar nicht vorbereitet.

„Was willst DU denn hier?", begrüßte er seine Klassenkameradin nicht gerade auf die freundliche und charmante Art und Weise. Jan wollte etwas sagen. Er konnte Unfreundlichkeit nicht ausstehen. Egal gegen wen. Aber Emely machte nur ein Zeichen, dass das für sie alles nicht so dramatisch war.

„Hey, Bro", begrüßte sie Pokke und blieb vor ihm stehen. „Lange nichts gehört von dir."

„Hier gibt es kein Netz." Pokke sah nicht auf, sondern betrachtete angestrengt seine Füße, die mit dem Sand vor der Bank spielten.

„Und schreiben?"

„Du siehst doch, der Arm is ab!"

Jan wusste nicht, ob er gehen oder bleiben sollte. Wenn Pokke derart geladen war, drang vermutlich nichts zu ihm durch. Freude schon mal gar nicht. Mit seinem grimmigen Gesicht erinnerte er an einen Hund, dem man ein Leckerli gibt und der einem zur Belohnung in die Hand beißt. Noch hatte Jan seine Leckerlis in der Tasche. Er wollte Pokke aufmuntern und ihm außerdem ein paar gemeinsame Ausflüge vorschlagen. Aber so, mein Junge, wird das nichts mit uns beiden, dachte er. Dennoch ruckelte er unentschlossen auf dem Sitz seines Rollstuhls hin und her, krauste die Stirn, dampfte aus den Ohren ein paar Wolken heraus und strich sich sein Oberteil glatt, obwohl er ein T-Shirt ohne Falten trug. Das machte er immer, wenn er nachdenklich war. Es war eine seiner vielen liebenswerten Macken. Dieser kleine Monk!

Ah, die Stelle mag ich besonders gern. Diese Emely imponiert mir. Die ist schon krass. Was ist das für ein Mädchen – ist sie denn kein bisschen erschrocken? Ich meine, da ist ein Typ ohne

Beine und ein Freund ohne Arm. Nicht gerade alltäglich, es sei denn, man arbeitet in einer Reha-Klinik. Wahrscheinlich hat sie sich nur auf Pokke als Mensch fokussiert. Ob der nun einen oder keinen Arm hat, ist ihr egal. Respekt! So weit muss man erst mal kommen! Sehr reif.

„Damit du es weißt, ich bin mit den Scheiß-Öffis hier hochgefahren. Zweimal kam die Straßenbahn nicht und einmal ist mir der Bus vor der Nase weggefahren. Du wirst jetzt mit mir reden und nicht den Silent King machen."

„Silent King?", mischte sich Jan jetzt doch ein und beendete das Ruckeln.

„Hab ich gerade erfunden", antwortete Emely ohne eine Miene zu verziehen. „Mir fiel grad nichts Besseres ein."

Sie sieht gar nicht wie ein Mädchen aus, das beinhart ist, dachte Jan. Lustige Locken, hatte diese Emely, süße Sommersprossen und eine Stupsnase, die sie frech in die Welt reckte. Aber sie stand vor Pokke wie ein Baum, ein Fels in der Brandung und wollte reden. Emely wollte Antworten. Jetzt!

„Ich lass euch dann mal", wollte Jan sich verabschieden, aber Pokke warf ihm einen so flehenden Blick zu, dass er seine Hände wieder von den Rädern nahm.

„Willst du ein Stückchen Kuchen?", fragte er Emely, um wenigstens irgendwas zu sagen.

„Gern", sagte sie, griff zu und ließ sich im Schneidersitz auf dem Rasen vor den beiden nieder.

Dann wurde es wieder still.

„Lasst mich doch auch mal zu Wort kommen", frotzelte Jan und sah erst zu Emely und dann zu Pokke hin. Auf dessen Stirn glänzten kleine Schweißperlen. Der hat grade echt die Hosen voll, dachte Jan. Dabei wollte er eben noch beißen.

Emely kaute sehr bedächtig. Offenbar suchte sie nach den

richtigen Worten. „Ich will doch wissen, wie es dir geht!", sagte sie schließlich und sah ihn fest an. „Und ich gehe nicht eher, bis du wieder mit mir sprichst", setzte sie energisch hinzu. „So wie früher", kam am Schluss ganz leise noch hinterher. Es war eindeutig: Dass Emely ihre Freundschaft so offen zeigte, traf Pokke mitten ins Herz. Plötzlich standen ihm Tränen in den Augen, aber er wollte nicht, dass sie das sah. Auch wenn er mit Emely schon im Sandkasten um Förmchen gestritten hatte, wollte er nicht, dass sie ihn als Weichwurst erlebte.

„Was soll ich denn sagen?", murmelte er so leise, dass er fast nicht zu verstehen war. „Es gibt nichts mehr zu erzählen."

„Ich glaube", ergriff Jan das Wort, „das ist gerade ein wenig too much für unseren Freund hier. Oder?"

Pokke nickte.

Jan dachte fieberhaft nach. Auf welche Weise kann ich Emely und Pokke helfen, ins Gespräch zu kommen? Es wird nicht viel bringen, Pokke hin und her zu schütteln, damit der endlich zu sich kommt. Plötzlich erhellte sich sein Gesicht. „Ich mach euch einen Vorschlag", sagte er. „Emely, du kannst mich ein bisschen ausfragen. Vielleicht passen manche Antworten ja auch auf Pokke." Er richtete sich im Rollstuhl auf – fast so, als müsste er sich erst richtig auf dieses Angebot einstimmen. „Also frag mich, was du wissen willst. Ausgenommen dem Unfallhergang. Es langweilt mich, den immer wieder zu erzählen."

Emely stützte ihr Kinn in beide Hände. Pokke kannte diese Haltung von ihr aus der Schule. Diese Haltung nahm sie ein, wenn sie etwas wirklich interessierte.

„Als Erstes", fing sie langsam an, „würde ich gern wissen, ob du dich auch so tot gestellt hast, als du keine Beine mehr hattest."

„Meinst du mit tot gestellt, dass ich keinen Kontakt nach außen mehr wollte?"

„Genau."

Jan räusperte sich. „Na ja, es war eine dunkle und schwierige Zeit. Auch ich wollte erst mal mit niemanden darüber sprechen, nicht sagen, wie ich mich fühle. Ich musste keine Fragen beantworten, zumindest nicht im Freundeskreis, weil meine Eltern alle informierten. Es hat ein paar Wochen gedauert, bis mir klar wurde, dass sich die Situation mit den fehlenden Füßen nicht mehr ändern wird. Nachdem ich das kapiert hatte und auch weiterleben wollte, fing ich an, mit Menschen zu sprechen. Am Anfang war das wie ein Sprung ins kalte Wasser."

„Können andere etwas tun?"

Noch immer sagte Pokke nichts, sondern lauschte Emely und Jan, als wären sie ein lebendiges Hörbuch.

„Ich denke, dass beide Seiten sich Zeit geben sollten. Erzwingen kann man nichts. Aber mit der Zeit lernen die meisten von ganz alleine wieder zu sprechen."

„Es verletzt mich, wenn keine Antworten kommen ..." Emely war hergekommen, um ihren alten Freund – ihren Pokke – wiederzufinden. Und nun saß da ein völlig anderer Mensch. Einer, der den Mund nicht mehr richtig aufbekam, weil ein Ärmel seines Shirts ohne Füllung und hochgeklappt war.

„Pokke braucht Zeit und die musst auch du haben. Es geht nichts von heute auf morgen. Sein neues Leben muss man begreifen und anpacken. Wenn du das als Freundin spürst, kannst du ihm eine Hilfestellung geben. Vorher ist es ein Sortieren von Gedanken und Gefühlen."

„Und wie ist das, wenn man keine Beine mehr hat? Wie fühlt sich das an?"

„Ich spüre meine Beine immer noch. Zu jeder Tageszeit. Für mich sind sie noch da. Es ist ein Gefühl von eingeschlafenen Beinen, warm und entspannt. Nur wenn ich hinschaue, sind sie eben nicht mehr da. Und dann sind da die Tage, an denen ich Phantomschmerzen habe. Da tut mir zum Beispiel das Knie weh, obwohl es gar nicht mehr da ist. Echt verrückt, wie dein Kopf dich austrickst."

„Gewöhnt man sich daran?"

„Ja, man kann sich daran gewöhnen. Das Schwierigste ist, mit den Blicken der Menschen umzugehen, die dich da draußen treffen. In der Stadt, beim Einkaufen, sitzend im Café. Wenn du das schaffst und aushalten kannst, bist du bereit für die Welt und auch für dein neues Leben."

„Mir tut das soooo leid ..."

„Das glaube ich dir gern, Emely. Aber leidtun bringt da leider gar nichts." Jan verzog verständnisvoll das Gesicht. „Besser ist es herauszufinden, was noch zusammen geht. Aber das braucht eben seine Zeit. Bei mir geht ganz viel wieder. Man muss sich nur einmal darauf einlassen."

Mitleid mit Menschen zu haben, ob sie eine Behinderung haben oder nicht, mag auf den ersten Blick wie eine gute Sache aussehen. Schließlich zeigt es ja Empathie und Mitgefühl. Das sind tolle und positive Eigenschaften. Doch es hilft der betroffenen Person im weiteren Verlauf ihrer Startphase des neuen Lebens nicht wirklich weiter. Wir können ihnen helfen, schneller aus dieser Schleife auszubrechen, um die eigenen Kräfte für ein unabhängiges und selbstständiges Leben zu aktivieren. Das strahlt dann auch nichts Mitleidiges mehr aus. Mit den Erfolgen des Alltags wächst das Selbstbewusstsein und natürlich auch das Selbstwertgefühl wieder nach. Hilfe anzunehmen, wenn mal etwas nicht klappt, ist völlig ok. Aus meiner Sicht ist es aber das Beste, die Sache erst einmal selbst zu versuchen.

Jan wusste, dass Menschen sich oft unbeholfen fühlten. Emely war ein cooles und sehr hilfsbereites Mädchen. Wer fuhr in diese Einöde schon mit den Öffis her, da konnte Pokke sich echt was drauf einbilden. Aber liebevolle Menschen, das wusste Jan genau, leiden mit und wollen helfen. Wenn so etwas passiert, muss man reden, um herauszufinden, was den anderen wirklich weiterbringt. Alle müssen sich auf die neue Situation einstellen, auch die, die keine Arme oder Beine verloren haben.

„Bestimmt sind die Menschen dir gegenüber auch oft unsicher", griff Emely den Faden noch mal auf. Sie sah Jan direkt in die Augen.

„Ist das bei dir gerade so?"

Emely registrierte verdutzt, dass das gar nicht stimmte. Sie hatte sich die ganze Zeit mit Jan unterhalten und darüber vergessen, dass er keine Beine mehr hatte. Eigentlich hatte sie nur in sein Gesicht gesehen und gar nicht weiter nach unten.

„So ist das, wenn man sich versteht und gut miteinander spricht. Beine und Arme können da schnell unwichtig werden", versuchte Jan es ihr zu erklären. „Dass man sich gut versteht, ist ja auch ein Gefühl. Dafür braucht es erst mal keine optischen Reize. Beim Telefonieren sieht man sich ja auch nicht, da liegt die Sympathie in der Wärme der Stimme. Manchmal bin ich es, der die anderen daran erinnern muss, dass ich ein bisschen mehr Zeit brauche. Etwa wenn meine Freunde mit mir losziehen. Wir kennen uns und sie sehen mich als ihren vollwertigen Kumpel. Eben auch ohne Rollstuhl. Der wird dann komplett ausgeblendet. Ich muss dann hin und mal rufen: ‚Hey, Leute, ich muss mal eben den Bordstein hier hoch.' In diesen Momenten bin ich voll inkludiert, einer von ihnen und kein Rollstuhlfahrer mehr, sondern der Mensch Jan, der ich bin und den sie schätzen. Es wird zur Nebensache, dass ich eine Behinderung habe. Und ich sehe das ganz genauso. Wir konzentrieren uns auf das Wesentliche."

„Für mich braucht es keine zwei Arme, um mit dir befreundet zu sein. Aber bist du auch mit einem Arm noch mein Freund?", fragte Emely Pokke jetzt direkt.

Es war an der Zeit, dass er Farbe bekannte. Pokke schnäuzte sich die Nase und nickte, sein Blick war aber noch immer auf seine Füße gerichtet. Die ganze Zeit hatte er nicht einmal aufgeblickt, so als würde sein Körper nur noch diese eine gekrümmte Haltung kennen.

„Ich lass euch mal", sagte Jan jetzt doch und räumte Kuchen und die Colaflaschen zusammen.

„Du bist ein tolles Mädchen", versuchte er abschließend ein Kompliment zu platzieren, auch um die Lage etwas zu entspannen. „Und du ein Mädchenschwarm, was?", puffte er Pokke in die Seite.

Der reagierte mit einem verstohlenen Grinsen, aber Emely räumte gleich auf.

„Quatsch", fuhr sie Jan an. „Er ist mein Freund, aber nicht so wie du denkst. Dafür hat er Zoé"

„Emely ist mit einem Mädchen zusammen", begann Pokke endlich auch mal was zu sagen. „Wir sind aber wirklich eng befreundet. Sie ist mein bester Kumpel. Meine Komplizin."

„Auch egal", grinste Jan, „spielt doch keine Rolle, wer wen liebt, Hauptsache wir halten alle zusammen."

Mit diesem Satz ging er weg, weil es da nämlich eine gab, die er liebte und der er längst versprochen hatte, wieder zu Hause zu sein. Die Welt ist so bunt, dachte er und freute sich darauf, seiner Liebsten alles zu erzählen.

Schneckenaugen deluxe

„Ach hier sind Sie, junger Mann! Da kann Timo ja lange nach Ihnen suchen!"

Pokke blickte von seinem Teller auf. Vor ihm hatte sich Schwester Dragoner aufgebaut. Ständig hatte sie was zu meckern, aber jetzt hatte sie recht. Pokke hatte seinen Krankengymnasten Timo wirklich völlig vergessen. Und das, obwohl er Timo sehr mochte. Timo war seine Brücke in das Leben, das Pokke vor dem Unfall geführt hatte. Ein Leben mit Fußball, durchtanzten Nächten, innigen Küssen im Morgengrauen. Ein Mädchen umarmen. Mit zwei Armen umarmen. Pokke hörte auf weiterzudenken, denn Zoé kam ihm wieder in den Sinn. Das war eine seiner letzten Umarmungen gewesen. Mit zwei Armen und einem schnell schlagenden Herzen.

Klar, Emely hatte ihm noch mal versichert, dass niemand nach seinem fehlenden Arm fragte, sondern nur nach ihm als Mensch.

„Die wollen wieder mit dir zusammen sein. Die wollen dich sehen. Die Jungs sprechen von dir – und die Mädels übrigens auch", hatte sie beteuert.

Auf der Wiese hatte sich das gut angehört. Jetzt kam ihm nach und nach wieder der Verdacht, dass das alles nur Blabla war, hilfloses Gerede. Aber aus Erbarmen und Mitleid wollte er weder von seinen Kumpels mit auf Tour genommen werden noch von einem Mädchen Küsse bekommen. Jetzt, mit nur einem Arm, musste er ganz neu beginnen. Timo war für ihn die Schleuse in ein Gefühl, das er wieder erleben wollte und das ihm einst selbstverständlich und lieb gewesen war.

„Nun?" Schwester Dragoner stand noch immer vor ihm. „Noch eine Runde Dösen und um sich selbst drehen oder kann ich Sie mitnehmen? Timo hat extra einen Termin getauscht, und wenn wir jetzt ordentlich Gummi geben, können Sie die Stunde noch nachholen. Aber dafür sollten Sie jetzt in die Gänge kommen. Einmal in die Hände klatschen und los geht's, Monsieur!"

Pokke stellte seine Tasse auf den Teller, um beides zum Geschirrband zu bringen. Er hatte dazugelernt!

„Gib mir das bitte", sagte da plötzlich eine junge Frauenstimme. Ein Mädchen, das er hier noch nicht gesehen hatte, stand neben ihm und nahm ihm das kleine Tablett ab. Sie schob einen Geschirrwagen vor sich her. Offenbar hatte sie hier einen Job.

„Ich kann das mitnehmen", lächelte sie und Pokke reichte ihr mit dem einen Arm, der stark und gesund werden musste, um den anderen Arm zu ersetzen, das Tablett. Er versuchte dabei nicht zu zittern.

„Jetzt machen Sie endlich!" Schwester Dragoner stand in der Tür und wedelte mit einer Hand.

„Wirklich praktisch, wenn man zwei Arme hat", zog Pokke sie auf. „Dann passt das, Tür aufhalten und gleichzeitig Leute herumscheuchen."

Ohne dass es jemand merkte, sah er sich noch einmal um. Das Mädchen war gerade dabei, den Wagen in die Küche zu schieben.

„Wer ist das?", erkundigte er sich vorsichtig.

„Keine Ahnung. Ich glaube, sie heißt Sarah", antwortete Schwester Dragoner und marschierte in Richtung Ausgang. „Sie wird eine der Sommeraushilfen sein. Wir haben hier immer wieder mal junge Leute, die so was machen. Die meisten können aber nicht richtig zupacken und wollen auch nicht wirklich ernsthaft arbeiten. Die sind schneller wieder weg, als man sich umschauen kann. Gewöhnen Sie sich besser nicht an sie." Und schon war sie wieder weg.

Diese Schwester Dragoner! Dieses Förmchen ist mir bekannt. Das können auch Männer sein, Ärzte, Lehrer – Leute, die einem manchmal durch Situationen helfen, indem sie einen nicht bemitleiden, sondern einfach ein bisschen ruppig sind. Es ist nämlich egal, ob noch alles dran ist an dir oder nicht, du willst einfach wie alle behandelt werden. Da ist so ein bisschen strenge Unfreundlichkeit manchmal ganz hilfreich. Jan ist auch so einer. Der ist super unterstützend und hilfsbereit, kann aber auch richtig Klartext reden. Oh – Moment – da kommt er gerade um die Ecke ...

„Hej!", hörte Pokke Jan von hinten rufen. „Gehst du schon wieder?"

„Ich hab meine Krankengymnastik vergessen und Schwester Dragoner dreht deswegen gerade durch."

„Da hat sie mal schön recht! Und warum hängst du dann hier noch rum?"

Pokkes Augen wanderten immer wieder in Richtung Küche. Er musste einfach dahin schauen. Wie von einem Magneten angezogen, der sich auf seine Augen fixiert hatte. Es ging einfach nicht anders.

„Dir sind ja Schneckenaugen gewachsen! Was flasht dich denn so?" Jans Augen wanderten denen von Pokke nach. Er vermutete etwas, konnte aber kein Mädchen im Restaurant entdecken, die auch nur annähernd Pokkes Fall war. Aber Pokke war eindeutig nervös!

„Da lässt man dich kurz mal allein und du hast deinen Blick nicht mehr unter Kontrolle", zog Jan ihn auf.

„Blödsinn", stotterte Pokke und fühlte sich ertappt. Von der jungen Aushilfe war keine Spur mehr zu sehen.

„Also gut! Ich denke Timo erwartet dich?"

Pokke wachte aus seiner Trance auf. „Ja, ja", stammelte er. „Ich geh ja schon."

Sehr langsam bewegte sich sein Kopf nach vorn und noch langsamer machte er sich auf den Weg. Wer ihn kannte, der sah es sofort: Es hatte ihn erwischt! Aber wer oder was war es? Das kriege ich schon noch raus, dachte Jan und erinnerte sich an die Story mit dieser Zoé. Hmmm. So ein Herz hat ja viel Platz, aber Pokke hatte gerade keinen Überblick, konnte das sein?

„Pass auf, ich setz mich hin und warte hier auf dich. Mach deine Sache gut, ich habe heute noch etwas vor mit dir", versuchte er ihn abzulenken.

Aus der Schwingtür des Küchenbereichs der Cafeteria trat die junge Frau wieder heraus und besah sich die Auslage der Kuchentheke. Sie trug einen frischen Pflaumenkuchen in der Hand.

„Oha!" Jan nickte. „Dann will ich jetzt mal Kuchen kaufen."

„Ich warte noch, bis du bestellt hast", meinte Pokke.

„Worauf wartest du? Mach dich vom Acker und geh zu Timo, sonst vergesse ich meine Überraschung gleich wieder!" Im zweiten Anlauf machte sich Pokke aus dem Staub. Jan blickte ihm kopfschüttelnd hinterher.

„Bitte zwei Stück Pflaumenkuchen mit Sahne!", rief er der jungen Bedienung zu, die gerade Gläser polierte.

„Ja gern, die kommen sofort."

Hoffnung auf vier Rädern

„Wir büxen aus!", begrüßte Jan Pokke fröhlich, als der nach der Physio wieder in die Cafeteria kam.

Bedauerlicherweise war von der süßen Kuchenfee keine Spur mehr zu sehen, stattdessen wedelte Marlon gelangweilt mit einem Lappen über die Theke.

„Hast du Hunger?", fragte Jan.

„Immer!" Pokke nahm die belegten Brötchen in Augenschein, die am Nachmittag im Angebot waren.

„Nix da mit hier essen!" Jan steuerte ihn mit der Hand Richtung Ausgang. „Wir machen eine Spritztour durch den Wald. Ich habe extra meinen Schlitten vollgetankt. Heute gibt's ein bisschen Gegend gucken und später eine Bratwurstverkostung vom Feinsten." Sie gingen durch den Flur in Richtung Parkplatz.

Auto fahren? Wie sollte denn das ohne Beine gehen?

„Scheiße, was ist DAS denn?" Auf dem Parkplatz hätte Pokke gerne seine Hände über dem Kopf zusammengeschlagen, wenn er noch zwei gehabt hätte. So blieb ihm nur, „Krass" und „Echt jetzt?" herauszuschreien, als er Jans Auto auf dem Parkplatz sah.

Jan hatte ganz locker schon von Weitem mit der Fernbedienung die Türen entriegelt. Das war die geilste Karre, die Pokke je gesehen hatte! Schwarzglänzend wie ein alter Rennwagen, die Räder außerhalb der Karosserie, so stand das Juwel da mit offenem Verdeck. Der Schlitten war ein wahr gewordener Traum auf vier Rädern. Das Lenkrad klein und mit Alcantara bezogen. Die Sitze aus Leder. Das Armaturenbrett aus Carbon und alle Instrumente sehr übersichtlich platziert. Hier passte einfach alles zusammen.

„Ist nicht wahr, oder?!", prustete Pokke heraus. „Das ist deine Karre? Ich fass es nicht!"

Jan wurde in seinem Rollstuhl einen halben Meter größer. Er liebte sein Auto und genoss es, dass so viele ihn darum beneideten.

„Hab ich mir bauen lassen. Ist eine Replica. Selbst konfiguriert. Alles auf beinfrei getrimmt!"

Jetzt wuchs er quasi über sich hinaus. Seine Augen glänzten und sein Grinsen war so breit, dass ohne weiteres ein ganzer Burger darin hätte verschwinden können. Der ganze Jan strahlte aus sich heraus!

„Der sieht ja aus wie neu", staunte Pokke. Er öffnete die Tür und trat innerlich einen Schritt zurück. „Nicht schlecht. Da muss ich wohl vorm Einsteigen die Schuhe ausziehen. Mann ist die sauber. Ich trau mich gar nicht in die Karre einzusteigen."

„Sag bitte nicht Karre und ja, putz dir bitte die Schuhe ab."

„Echt jetzt?!"

„Aber so was von!" Jan zeigte auf die Fußmatten im Wagen. „Siehst du da was? Genau, ich nämlich auch nicht! Kein Krümel, kein Staubkörnchen, kein Dreck!"

Er schwang sich auf den Fahrersitz und machte sich daran, den Rollstuhl zusammenzuklappen und ihn im Zwischenraum hinter den Sitzen zu verstauen.

Pokke war nicht sicher, ob Jan Spaß gemacht hatte oder seine Aufforderung ernst gemeint war. Wenn ja – er sah zu ihm –, so spießig konnte er doch unmöglich sein. Andererseits waren die Fußmatten tatsächlich bedenklich sauber. Mehr als das, sie waren wie neu! Richtig unbenutzt. Okay. Noch immer irritiert zog er sich die Schuhe aus und hielt sie unschlüssig in der Hand.

„Und wohin damit?"

Jan reichte ihm eine Plastiktüte. Er war also vorbereitet. Vermutlich bin ich nicht der erste Beifahrer auf Socken, dachte Pokke und packte die Schuhe umständlich ein.

„Pass doch auf!" Jan nahm ihm das Päckchen aus der Hand und zog die Tüte oben zu. „Bist du blind? Da bröseln Steinchen raus!"

Dass diese „Fußgänger" auch immer Schmutz in den Wagen bringen mussten. Meine Güte! Wenn im Fußraum etwas lag, dann war es nicht von ihm, denn Jan hatte ja keine Beine, also transportierte er auch keinen Sand in den Innenraum. Und jetzt wieder – bei aller Freundschaft – diese Sauerei.

„Warte ..." Jan griff nach hinten und holte einen mobilen Auto-staubsauger nach vorn. „Heb die Beine hoch, du hast die Schuhe zu spät ausgezogen. Hier liegt fast schon ein halber Kubik-meter Sand drin, du Bauer."

„Das ist ja wie bei meiner Oma", beschwerte sich Pokke. Seine Großmutter hatte so einen putzigen Tischstaubsauger und saugte nach den Mahlzeiten damit nicht nur die Krümmel vom Esstisch weg, meist verschwand auch noch die halbe Tischdecke mit im Rohr. Dann regte sie sich auf, anstatt einfach die Krümel auszuhalten.

„Nach dem Unfall war dieses Auto meine erste große Motivation!" Jans Hand strich über das Armaturenbrett. „Die meisten Fußgänger gehen davon aus, dass Rollstuhlfahrer gar kein Auto fahren können".

Ja, das habe ich auch schon erlebt. Wenn Menschen mit Handicap überhaupt ein Auto fahren, denken viele da draußen dann eher an einen praktischen Kombi, in dem genügend Stauraum für den Rollstuhl und sonstigen Plunder ist. Füßler haben einfach wenig Fantasie. Das zeigt sich auch daran, wie sie sich solch ein Auto vorstellen. Viele glauben, die Autos sind silberfarben und der Rollstuhl natürlich beige. Und wenn es um Hobbys geht, denken viele, dass Musik hören und lesen ganz weit vorne stehen, weil Behinderten darüber hinaus nicht viel vom Leben bleibt. Was enorm wichtig ist: der Computer. Mit ihm können Menschen mit Behinderungen im Internet chatten und mit Leuten kommunizieren, die auf diese Weise gar nicht mitbekommen, dass es auf der anderen Seite eine gravierende Einschränkung gibt.

„Wenn ein Behinderter mit dem Auto in die Stadt fährt", rasselte Jan weiter runter, „dann hat er seinen Behindertenausweis gut sichtbar an seiner Windschutzscheibe kleben, damit alle wissen: Achtung, hier kommt ein Behinderter, nehmt euch in Acht und macht viel Platz. Die Parkplätze haben wir für den geregelt und schön breit gemacht, auch wenn er selbst nichts mehr geregelt bekommt."

„Und wo ist dein Behindertenausweis?" Pokke suchte das Auto ab. „Ich finde nichts an der Scheibe. Sollte der nicht dort vorne kleben?"

„Bist du völlig verrückt geworden?", entfuhr es Jan mit einer Tonlage, die nach Alder, hast du sie noch alle? klang. „Ich verschandle dieses wunderbare Fahrzeug doch nicht mit irgendwelchen Aufklebern oder festgeklemmten Ausweisen."

Er schüttelte den Kopf, während er den Motor anließ, der basslastig loswummerte. „Mannomann, du hast vielleicht Ideen!"

So ganz wollte Pokke sich nicht drauf einlassen, schließlich würde er so eine Karre eh nie fahren können. Jan hat keine Beine, aber immerhin zwei Arme und Hände. Mit einem Arm Auto fahren, das ist unmöglich, dachte er.

„Hörst du die Musik?" Jan wurde ganz sentimental. „Oh dieses Auto! Fantastisch! Das sind keine Motorengeräusche, das ist Musik in meinen Ohren!"

Mmmh, dachte Pokke und versuchte, ein Lied herauszuhören.

„Ohne dieses Auto – ich weiß nicht – hätte ich es vielleicht nicht geschafft." Jan drehte sich zu Pokke. „Und du? Hast du auch eine?"

„Eine was?", sagte Pokke.

„Na was wohl? Von was reden wir denn hier die ganze Zeit? Von Büchsenmilch?"

Jetzt sah Pokke selbst aus wie ein Auto. Er hatte die Richtung verloren und blickte nichts mehr.

„Mo-ti-va-ti-on meine ich!"

Keine Antwort.

„Also ich habe noch jede Menge Träume offen und werde sie mir einen nach dem anderen erfüllen. Und das Großartige ist, es wachsen ständig neue nach." Jan lächelte selig. „Aber genug davon, jetzt geht es los." Bedächtig ließ er den Wagen aus der Parklücke rollen. Unter den Rädern knirschte der Kies.

„Was sind das für Träume?"

„Alles, was Spaß macht."

Was Autos und ihre Ausstattung anging, hatte Jan einen sehr guten Berater an seiner Seite: seinen alten Freund René. Er war ein Experte in dem Bereich und polierte Autos mit Sinn für Ästhetik auf. Jan und Pokke gondelten durch Wiesen und Wald, sahen Lichtungen, Rehe und Wanderer, die die Straße kreuzten. Ein wunderschöner Tag, der die Leute nach draußen lockte. Sehr sonnig und angenehm. Ein bisschen Wind, blauer Himmel und die Idee von einem Picknick.

„René sitzt auch im Rollstuhl", erzählte Jan weiter. „Querschnitt nach Autounfall." Diese Information passte so gar nicht zu der Landschaft und dem Fahrvergnügen.

„Immer die gleiche Leier", maulte Pokke. Er legte seinen Arm auf dem Türrahmen des Cabrios ab und stützte seinen Kopf darauf ab. So, wie man es in Filmen immer sah. Gott sei dank, dass sein rechter Arm noch dran war. „Kennst du eigentlich auch Leute, an denen noch alles dran ist?", motzte er jetzt noch etwas schlechter gelaunt. Gefühlt war für ihn das ganze Auto voll mit Behinderten.

„Ach, halt einfach die Fresse und genieß den Tag!", wischte Jan Pokkes Genöle weg und drehte die Musik lauter.

Wenn Jan etwas gut konnte, dann war es, den Moment zu genießen. Und dabei war es ihm egal, was andere Leute sagten oder welche Laune sie gerade hatten.

Die Hai Attacke

„War das ein großes Problem mit dem Führerschein?", erkundigte sich Pokke leise, nachdem die Musik verklungen war und sie eine Zeit lang nur dem sonoren Brummen des Motors lauschten.

Jan schüttelte den Kopf. „Es gibt alle möglichen Autoumbauten für Menschen mit allen möglichen Handicaps", erklärte er. Pokke war erstaunt, geradezu verblüfft.

„Weiter hören, auch wenn damit noch ein Krüppel mehr hier einsteigt?", fragte Jan.

„Von mir aus."

„Ich hab einen Kumpel, der weder Arme noch Beine hat und einen großen Van fährt. Der ist so groß, dass ein Elektrorollstuhl komplett hineinpasst. Alles voll elektrisch an dem Ding. Und der Typ wohnt auch nicht in irgendeiner Einrichtung, sondern studiert Betriebswirtschaft und lebt in einer WG mit ganz normalen Leuten."

Pokke versank fast im Sportsitz. Ohne Arme UND ohne Beine? Wie sollte das denn gehen? Allein bei der Vorstellung wurde ihm ganz flau im Magen. Sie bogen an einer Kreuzung auf eine enge Landstraße ab.

„Im Leben kann man vieles schaffen und mein Kumpel hat sich nicht unterkriegen lassen."

„Bei dir klingt alles immer so einfach." Pokke suchte nach den richtigen Worten. „Als hättest du nie ein Problem damit gehabt, dass deine Beine ab sind. Als hättest du nie geweint, als wärst du nie verzweifelt gewesen. Ich bin nicht so! Ich habe Angst, dass mein Leben nie mehr wird, wie es einmal war."

„Die Angst kann ich dir sofort nehmen, mein Freund!", erklärte Jan energisch und sah zu Pokke rüber.

„Wie meinst du das?"

„Du brauchst keine Angst davor zu haben, dass dein Leben anders wird, denn das ist es bereits. Und zwar ganz anders als vor deinem Unfall. Du bist mittendrin und hast an dieser Stelle keine Chance mehr auf ein Reset. Also geh die Tatsache an. Dein Arm wird nicht nachwachsen. Nicht einmal, wenn du ihn jeden Tag gießt. Oder wenn du heulst und dich selbst bedauerst. Nichts, aber auch gar nichts ändert etwas daran, dass der Arm ab ist. Nichts wird geschehen. Niemand kann dir an die Stelle einen Arm hin basteln oder anhäkeln. Und entweder nimmt dich dein Mädchen mit einem Arm oder eben nicht. Wenn nicht, kannst du dir die Fahrt nach Holland sparen."

Pokke senkte den Kopf. „Ich war so ein Arschloch!", beschimpfte er sich zum hundertsten Mal selbst.

„Was für ein Arschloch? Weil du dich verliebt hast?"

„Nein, diese Sprühaktion."

„Zu der kommen wir ein anderes Mal. Jetzt geht es ums Auto fahren und um Mädchen."

„Ich habe seit Monaten keinen Kontakt mehr mit ihr."

„Du hast ein Handy. Irgendwo gibt es Empfang, auch wenn die Klinik eine Burg ist."

„Sie wohnt in Holland …"

„Und? Weiter im Text …

„Vielleicht will sie gar nicht mit mir sprechen."

„Jetzt mach mal einen Punkt!" Jan war ein bisschen genervt von dem Hin und Her. „Im Zweifelsfall holst du dir eben einen Korb ab. Dann weißt du wenigstens, woran du bist."

„Aber sie weiß nicht …" Pokke sah zum Boden und schob mit dem Fuß ein kleines Steinchen vor sich her, das sie beim Saugen übersehen hatten. Er schluckte. „Sie weiß das nicht. Das mit dem Arm."

„Was?" Jetzt war es Jan, der erschrak. Aber mit einem Mal verstand er auch. „Ach darum bist du so oft in Gedanken und ziehst dich zurück." Er wurde ernst. „Aber das löst doch gar nichts. Wenn dir etwas an Zoé liegt, wenn ihr euch so gut verstanden habt und du ihr sogar das Versprechen gegeben hast, sie zu besuchen, dann solltest du dir ernsthaft überlegen, es ihr zu sagen. Das verdient nicht nur sie, das verdienen auch du und eure Geschichte."

Sie schwiegen eine Weile. Mädchen hätten in dieser Situation sicher weitergeredet, weil Mädchen das einfach gut können. Oder sie hätten sich umarmt. Was das angeht, sind Jungs manchmal Schwächlinge. Gefühlsschwächlinge.

Von diesem Moment an bekam Pokke nichts mehr mit. Nichts von dem Grün und Blau über ihm, nichts von der Musik und nichts vom Sound des Motors, der grade mal in Richtung 6000 Umdrehungen unterwegs war und richtig Druck hatte. Was Jan da so leichtfüßig aussprach, war schlichtweg der Albtraum seines Lebens. Wenn Zoé ihn nicht mehr mochte – an Liebe wollte Pokke momentan gar nicht denken –, was ergab dann überhaupt noch Sinn? Sie hatte sich in ihn verliebt, aber mit zwei Armen, und konnte sich im besten Fall noch daran erinnern, wie das war. Aber jedes Mädchen, das er ab jetzt traf, würde in ihm immer nur den einarmigen Banditen sehen. Als hätte ihm ein Hai einen Arm abgebissen. Nur war es kein Hai gewesen, er selbst hatte sich in diese Lage gebracht. Das Lachen konnte er immer noch hören. Das Lachen und Gejohle, als sie losgezogen waren. Seinen lauten Atem, als es über die Gleise ging. Seinen Atem, der kurz darauf wegen eines lauten Martinshorns nicht mehr zu hören gewesen war.

Flirten Masterclass

„Ich würde mal sagen, es ist Zeit für eine Pause. Einverstanden?" Jan deutete mit dem Kinn in Richtung Display seines Navi.

Nach dem Gespräch der letzten halben Stunde hatte Pokke nichts dagegen, einen Ortswechseln aus dem Auto vorzunehmen, der ihm zu ein paar Schritten verhalf. Das war doch alles ziemlich viel gewesen, dabei hatte Jan von einer lustigen Vergnügungsfahrt gesprochen. Sehr lustig war es bis hierher auf jeden Fall gewesen. Ha, ha, ha.

„Noch ein bisschen, dann kommt ein netter Imbiss. Dort gibt es die beste Currywurst der Welt." Jan merkte, dass jetzt ein anderes Thema dran war, und Essen war da als Ablenkung immer gut. „Und ich verspreche dir darüber hinaus, du wirst Augen machen, wie hübsch die Bedienung ist. Eine ausgesprochen gute Gelegenheit für dich zum Üben."

Was hatte Jan denn nun schon wieder vor?

„Was üben?", erkundigte sich Pokke sehr zögerlich, so als müsste er darauf achten, nah genug an einem Rettungsboot für seine Exitstrategie zu sitzen.

„Na flirten! Ich finde, du bist ganz schön aus der Übung gekommen, seitdem du nur noch einen Arm und wenig Kontakt zur Außenwelt hast."

„Was weißt du denn schon von meinem Leben?", meckerte Pokke.

„Reg dich ab, mein Lieber. Natürlich war ich nicht dabei, aber ich bin sicher, dass du am Lagerfeuer deutlich mehr Charme versprüht hast, als ich jetzt erleben darf. Aber keine Sorge ...", Jan tätschelte Pokkes Bein, „das Talent schläft nur. Man verlernt Flirten nicht, das ist doch wie Fahrrad fahren. Du musst nur wieder reinkommen und das gelingt dir am besten mit

Übung. Deine Aufgabe wird es also gleich sein, die schönste Currywurst der Welt zu bestellen."

„Du spinnst doch!"

„Ja!" Jan nickte oberlehrerhaft. „Kleine Übungen wirken sensationell und möbeln einen gleich wieder auf."

„Nein!", entschied Pokke. Er würde sich wehren und nicht zum Affen machen. Wütend drückte er seinen Hintern in den Sitz.

Der Imbiss war schon von Weitem zu sehen. Ein rotweiß gestreifter Wagen, umrahmt von gelben Sonnenschirmen. Um das Ganze optisch zu brechen, standen grüne Bänke davor und eine riesige künstliche Eistüte.

„Genial", meinte Jan. „Das nenne ich mal Marketing. Rotweiß wie die Pommes und die Currywurst."

Fast quietschten die Reifen, als er den Wagen knapp vor der großen Werbeeistüte zum Stehen brachte. Sein Schlitten glitt nahezu magnetisch in die letzte freie Parklücke. Daneben standen einige Motorräder und ein Fahrrad.

„Mir läuft schon das Wasser im Mund zusammen", sagte er und stellte den Wagen ab.

Pokke aß eigentlich lieber vegetarisch, aber Jan zuliebe wollte er kein Spielverderber sein und heute mal als Aasfresser auftreten. Außerdem konnte er auch nur Pommes bestellen, wenn ihm danach war. „Gibt's hier vielleicht auch gegrilltes Gemüse?", wagte er einen vorsichtigen Vorstoß.

„Vergiss es", lachte Jan breit. „Wir sind hier im tiefsten Odenwald. Fang erst gar nicht an mit vegan oder vegetarischen Variationen. Hier gibt's Worscht!"

Mit sportlichem Schwung und viel Eleganz griff er nach hinten und zog seinen Rollstuhl hinter dem Beifahrersitz hervor. Er öffnete die Fahrertür und stellte das Teil neben dem Eintritt auf den Boden. Ehe Pokke sich abgeschnallt hatte, saß Jan auch schon drin.

„Komm Oma", winkte Jan ihm zu und lachte dabei fröhlich über das ganze Gesicht. Er sprühte vor Optimismus, der nicht zu bremsen war. Auch wenn das zuweilen fast ein bisschen nervte, blieb Pokke doch nichts anderes übrig, als Jan zu bewundern, weil er so gut drauf war und sein Leben so selbstverständlich meisterte. Er ließ sich von nichts und niemandem aufhalten. Das ist vermutlich der größte Schritt: die Selbstmotivation. Du hattest einen Unfall oder eine Krankheit mit Folgen, es ist etwas passiert, das dich in deinem Lebensplan zurückwirft? Eine miese Note oder gar Sitzenbleiben in der Schule? Du verlierst mit deinem Team oder bringst bei deinem Sport nicht die gewohnte Leistung? Die Kunst ist es, dich im Nachgang richtig aufzubocken, dir selbst einen Tritt in den Hintern zu verpassen, auch wenn du eigentlich matt und mutlos bist und nicht mehr willst. Wenn du es aber nicht mit aller Kraft versuchst, kann auch keiner sehen, dass du für deine Sache brennst, und dir dann auch nicht die Hand für das letzte Stück Weg reichen. Ich denke dabei nicht mal so sehr an Pokke, sondern an mich und auch an euch. Wir alle müssen unser Leben in die Hand nehmen, egal wie viele Beine oder Arme uns fehlen oder eben auch nicht. Vielleicht war es auch die Akzeptanz, die Pokke bei Jan sah und bei sich selbst noch nicht spürte. Annehmen, dass er jetzt einen Körper mit nur einem Arm hatte. Das war die größte Aufgabe. Seine Gedanken schrien seinen Körper an: „Nein! Ich will dich nicht! Du gehörst nicht zu mir!" Und der Körper antwortete zynisch: „Ach ja, du Vogel? Dann schau mal in den Spiegel! Wir sind jetzt bis zum letzten Tag deines Lebens miteinander verbunden, du Knallerbse!" Und sicher erinnerte sich Pokke auch nicht daran, wie viel Übung und Akzeptanz es gebraucht hatte, um Skateboard fahren zu lernen. Zu Beginn war er vielleicht sogar plump gewesen, mit dem Board ungeschickt. Das ist doch normal. Ich selbst bin auch ständig auf den Hintern gefallen. Und die anderen? Klar, die lachten mich dröhnend aus. Es war mir aber ziemlich egal. Pokke ging es ähnlich und ich könnte mir vorstellen, dass er damals sogar mit auf den lauten Witz und das Amüsieren der anderen eingestiegen war. Kennt ihr das auch? Vom Opfer zum Entertainer! Würde er sich doch jetzt nur daran erinnern, das könnte ihn aufbauen. Es gibt nichts, wofür wir uns schämen müssen, wenn wir etwas Neues beginnen. Alles ist erlaubt und es ist auf jeden Fall drin, Meister zu werden, wenn die Wiederholungen stimmen. Aber gut. Ich bin jetzt lieber still. Die beiden haben Hunger.

„Da schau!" Jan wies in Richtung eines bunten Aufstellers, auf dem mit Kreide die Speisen geschrieben standen. Von Bockwurst über Döner zu Burger und Currywurst gab es alles, was das Herz begehrte. Und wer das nicht mochte, der konnte sich Reibekuchen mit Apfelmus bestellen.

„Da schmeckt ein Gericht so gut wie das andere. Ich weiß das, weil ich mich damals hier durchgefressen hab, mehrmals die Speisekarte rauf und runter. Aber immerhin hatten die Tiere, die in dieser Wurst stecken, ein fröhliches Leben. Der Stand gehört nämlich zu einem der Bauernhöfe in der Nähe, die sehr auf das Tierwohl achten. Wenn schon Wurst essen, dann bitte so."

„Hattest du denn schon ein Auto, als du in der Klinik warst?"

„Das nicht, aber ich hatte einen Kumpel, der ein Auto hatte und der wollte, dass ich nach vorne schaue. Mit ihm bin ich sehr oft hierhergefahren." Jan zwinkerte Pokke zu. „Die Zukunft beginnt immer mit dem ersten Schritt. Also, worauf hast du Lust? Ich geb heute einen aus! Worscht mit Pommes oder Pommes mit Worscht?"

An einem Stehtisch unter einem der Sonnenschirme standen die Biker, deren Motorradräder sie bereits am Parkplatz gesehen hatten. Sie tranken Bier, waren laut und aufgedreht.

„Bier und Motorradfahren – das geht ja mal gar nicht!", ärgerte sich Jan und stellte sich mit Pokke für Currywurst und Grillsteak am Schalter an.

Vor ihnen stand eine junge Frau, die ihren Fahrradhelm noch am Arm hängen hatte. Sie erkundigte sich nach Pommes aus Süßkartoffeln und wurde mit einem „Leider nein!" enttäuscht. Dies hier war kein Imbiss für Menschen, die eine speziellere Nahrung wünschten. Es war einfach nur Basic Food. Jetzt hatte es die Fahrradfahrerin mit ihrer Entscheidung bezüglich des Essens schwer. Was sollte sie bestellen? Sie erkundigte sich erst mal nach Kaffee und laktosefreier Milch.

Plötzlich wurden vom Stehtisch der Motorradfahrer Stimmen laut. „Hey Mäuschen, wir haben hier keine Allergien. Hier gibt's nur Handfestes!", rief der eine und ein anderer klinkte sich sofort ein. „Besser du radelst zurück in die Stadt, du grüne Gurke!"

Die Männer zeigten mit ihren Fettfingern auf die Radlerin und lachten sie für ihre Bestellung aus. Sie hielten sich ihre Bäuche, in denen pro Mann sicher schon zwei Würste und mehrere Dosen Bier schwammen. Die junge Frau war irritiert und sah sich eingeschüchtert um. Solch ein Echo auf ihre Bestellung hatte sie nicht erwartet, schon gar nicht hier draußen in dieser wunderbaren Idylle. Niemand hatte damit gerechnet. Selbst Lollo nicht, die im Wagen bediente.

„Was geht euch das eigentlich an?", fragte Jan ganz ruhig in Richtung der Gruppe. Plötzlich wurde es schlagartig ruhig am Stehtisch.

„Was'n mit dir los, du Rollstuhlrocker", brach ein Typ mit langem Bart die Stille. „Kümmer dich lieber darum, dass du eine Wurst auf deinen Teller kriegst", rief er Jan zu. „Beziehungsweise, du brauchst ja nur 'ne halbe, du Würstchen"

Der ganze Stehtisch grölte vor Lachen.

Davon ermutigt ging ein anderer auf Pokke los. „Und für dich reicht eine dreiviertel Wurst. Soll ich dir die in kleine mundgerechte Häppchen schneiden? Oder richtet dir dein beinloser Freund dein Essen an? Ist das dein Zivi, hä?"

Pokkes Muskeln spannten sich an. Er war bereit, die Typen niederzumetzeln – auch wenn er sich dabei in die Hose machte und danach womöglich zu Fall ging. Jan hingegen blieb erstaunlich gelassen. Einer der Gruppe trat auf ihn zu. Er stierte Pokke in die Augen.

„Was'n los?", schnaufte er. Sein Atem stank nach Bier und Knoblauch. Pfui Teufel, stank das. Pokke musste sich das Würgen verkneifen. Er bemerkte aber gleichzeitig, dass er ganz ruhig und furchtlos auf der Stelle stand. Er war jetzt wie Jan. Genauso gelassen.

„Was soll los sein?", erkundigte er sich, ohne eine Miene zu verziehen. „Übrigens: Prost!" Er deutete auf die Bierdosen, die leer auf dem Tisch standen. „Besser, ich sag der Polizei mal Bescheid, was hier alles so getrunken worden ist. Nicht, dass euch noch was passiert auf der Straße!"

Er zog das Handy aus seiner Hosentasche und wählte mit einer Hand. „Schau, mal Bruder. Notruf und das mit einer Hand. Soll ich auch noch ein Foto machen? Andenken von dir, deinem Bier und deinem motorisierten Hocker mit Kennzeichen?"

Pokke hatte tatsächlich einen Notruf abgesetzt. Damit hatte keiner von der Gang gerechnet.

„Scheiß dich nicht ein, man wird doch wohl noch einen Gag machen dürfen", grummelte einer und ein anderer drehte den Kopf und spuckte auf die Seite ins Gras. Niemand von ihnen wollte jetzt eine Kontrolle riskieren.

Auch Jan zog sein Handy aus der Tasche. „Wollen wir vielleicht noch ein Gruppenfoto machen, bevor ihr aufbrecht? Dann ist der Bruder mit seinem Stillleben nicht so allein. Das Bier und eure Maschinen im Hintergrund? Gute Idee, oder?"

„Zahlen!", rief einer der Freaks und warf Lollo unter „Stimmt so!" Münzen und Scheine auf den Tresen.

Dann wankten die Typen breitbeinig und kleinlaut zu ihren Motorrädern und verschwanden kurz darauf im Schutz des Walds knatternd auf der Landstraße.

„Puh!", atmete Lollo erleichtert auf. „Das war knapp."

Die junge Fahrradfahrerin lehnte sich an den Tresen. Sie zitterte am ganzen Körper. „Das hätte alles auch ganz anders ausgehen können", flüsterte sie.

„Ist es ja aber nicht", beruhigte Jan sie. „Wir haben das alle gut gemeistert."

„Ich danke euch!" Lollo nickte Jan und Pokke zu. „Normalerweise sind die Motorradgruppen hier immer sehr nett und benehmen sich. Echte Kavaliere der Landstraße. So was wie grade eben gab's bislang noch nie. Die waren doch schon ziemlich angetrunken." Sie biss sich auf die Unterlippe. „Ich hab übrigens wirklich Fotos von der Gang und dem Bier gemacht. Vielleicht sollte ich sie der Polizei schicken, damit sie aus dem Verkehr gezogen werden?"

„Eine gute Idee", meinte Jan.

Lollo verschwand aus dem Wagen, um zu telefonieren.

„Da mischen wir uns jetzt nicht mehr ein", sagte Jan mehr zu sich als zu Pokke. „Alles geht seinen Weg. Aber was wir jetzt machen" – er sah zu Pokke und zog dabei vergnügt die Augenbrauen hoch – „ist, etwas zu essen. Hast du deine Übungsaufgabe noch im Kopf?"

Okay. Warum eigentlich nicht, dachte Pokke. Ich bin ein Held, ich bin ein Held, ich bin der Rächer der Witwen und Waisen ... ich bin eine Flirtkanone.

„Entschuldigen sie bitte junge Frau", rief er mit tiefer Stimme nach Lollo und lehnte sich auch noch cowboymäßig über den Tresen, „Wir hätten gern zwei Currywürste, und zwar die besten und schönsten, die Sie haben."

Er blickte zu der Radlerin. „Und dann bitte noch einen Kaffee mit laktosefreier Milch für die Lady hier".

Die Radlerin reagierte mit einem zuckersüßen Lächeln.

Lollo konnte ihr Lachen kaum zurückhalten. Sie war erleichtert und auch amüsiert über den plötzlichen Stimmungswechsel.

„Plus glutenfreien Kuchen ", ergänzte sie, „den gibt' s hier nämlich auch – und die gesamte Bestellung geht heute natürlich aufs Haus!"

Pokke sah in die Runde. Irgendwie war das trotz des Schreckens ein wirklich guter Tag.

„Und du würdest wirklich mit mir nach Holland fahren?", vergewisserte sich Pokke, als sie wieder auf den Parkplatz des Krankenhauses rollten. Auf der Rückfahrt hatten sie davon gesprochen, wie es wäre, mit dem Super Seven nach Holland zu düsen – und wie es für Pokke wäre, Zoé wiederzusehen. Sein mutiges Erlebnis hatte ihm einen ordentlichen Motivationsschub verpasst.

„Das glaubst du aber!" Jan schob sich lässig die Sonnenbrille in die Haare. „Du bist mein BRO! Mit dir fahre ich überall hin, auch nach Holland, wenn für dich nichts dazwischenkommt."

„Was soll denn dazwischenkommen?" Pokke wusste nicht, was Jan meinte.

„Vielleicht das hier?" Jan machte Pokke auf die junge Frau aufmerksam, die gerade auf dem Parkplatz ankam. Es war die Aushilfe aus der Kantine. „Ihr Name ist übrigens Sarah", flüsterte er Pokke verschwörerisch zu. „Als du in der Krankengymnastik warst, habe ich ein wenig mit ihr geplaudert."

Sarah stellte ihre Vespa ab. Sie sah zu Jan und Pokke. „Hallo ihr beiden!", rief sie. „Wie geht's euch?"

Sag was, dachte Pokke. Sag was. Mach sofort deinen Mund auf!

„Wollt ihr Kuchen? Ich habe gerade frischen Blechkuchen abgeholt!" Sie nahm ein Paket aus dem Transportkorb.

Pokke holte tief Luft und zwinkerte Jan kumpelhaft zu. „Klar! Und … wir bekommen doch die besten und schönsten Stücke der Welt, oder?"

„Selbstverständlich!", lachte Sarah. „Und zwar die Allerschönsten."

Ihre Augen strahlten.

REHA-Beratung Grünfink

„Also", meinte Frau Obergrün, nachdem sie sich vorgestellt hatte, „dann schauen wir mal. Sie haben ja bereits einen Eignungstest gemacht und der war …", sie wiegte den Kopf hin und her, „… sagen wir mal ausbaufähig. Ich gehe davon aus, dass Sie zum Zeitpunkt des Tests nicht sehr motiviert waren, oder?" Seit Wochen hatte Pokke auf diesen Beratungstermin gewartet und nun, als er endlich da war, fehlten ihm die Worte. Ja, er hatte einen Test gemacht, und ja, es stimmte, er war nicht sehr motiviert gewesen, denn damals hatte er Jan und Sarah noch nicht gekannt. Er hatte sich noch nicht gegen eine Gang gewehrt und was das Flirten anging, war er auch noch kein Meister gewesen. Diese knochige Frau Obergrün war übrigens auch keine Meisterin in geschmeidiger Kommunikation. Und diese Person sollte ihn beraten? Ihm sagen, wie es beruflich mit ihm weitergeht? Die saß hier doch selbst auf dem falschen Platz!
„Wie sehr würde es Sie denn motivieren, wenn Sie nur noch einen Arm hätten und eigentlich Mechatroniker werden wollten?"
„Na, na, junger Mann, nicht gleich aufregen, schließlich bin ich hier, um Ihnen zu helfen. Was klappt denn bei Ihnen jetzt noch gut? Ich meine trotz ihrer Behinderung? Vielleicht kommen wir ja so weiter."

Dieser Gesprächseinstieg hatte eine unglaublich vernichtende Kraft. Eben hatte sich Pokke noch so richtig gut gefühlt. Er hatte am Imbiss mutig für sich und andere eingestanden, dann die Fahrt durch die wunderbare Landschaft und den Wald mit diesem Kerl von einem Jan neben ihm. Das Kaffeetrinken mit Sarah, die ihm zumindest das Gefühl gegeben hatte – ob das eingebildet war oder nicht, spielte an der Stelle überhaupt keine Rolle –, dass er sichtbar war und Menschen sich gern mit ihm unterhielten und nun diese knöcherne alte Gans, die mit ihren abgewetzten Kladden und dem alten, schäbigen Laptop vor ihm saß und wissen wollte, was denn da noch so alles gut klappt bei ihm.

„Meinen Hintern abwischen kann ich noch gut, wenn Sie das wissen wollten. Eine Hand ist mir ja noch geblieben."

Die Worte kamen beinhart aus ihm heraus und Frau Grünzeug ließ überrascht ihre Brille auf dem Nasenrücken wackeln. Menschen, die andere beraten, tragen immer Brillen und niemals Kontaktlinsen. War doch klar.

„Es gibt einige, die können das nicht!", schob Pokke jetzt noch nach. „Aber die können ganz viel anderes. Denken Sie mal. Manche von denen werden sogar Wissenschaftler."

Frau Grünfink räusperte sich. „Ich wollte Sie nicht beleidigen, sondern motivieren. Auch mit nur einem Arm, können Sie beruflich viel erreichen."

„Ich hasse es, wenn ich mit so einem bedächtigen, mitleidsverschwitzten Ton angesprochen werde." Pokke stand entrüstet vom Tisch auf.

„Kann es sein, dass Sie jetzt so wütend sind, weil Sie noch keine Idee haben und sich von mir in die Enge gedrängt fühlen? Wenn dem so ist, dann tut mir das leid, das ist nicht meine Absicht."

Wie redet die denn mit mir, dachte Pokke entrüstet. Ich bin doch kein Kleinkind, das man an der Hand über die Straße führen muss. Vor lauter Aufregung sauste es in seinen Ohren. Er fühlte sich verletzt. Innerlich und äußerlich. Dass diese Arbeitsamttussi ihn mit „Was geht denn da noch bei Ihnen?" angesprochen hatte, war für Pokke wie das rote Tuch für einen Stier in der Arena gewesen. Am liebsten wäre er erst von einer zur anderen Seite des Raums gerannt und hätte die Kuh dann angesprungen, wie Leoparden das mit Antilopen in der Savanne machen.

„Sie fühlen sich doch nur als etwas Besseres, weil es Ihnen gutgeht. Sie haben keinen nächtlichen Scheiß gebaut, weil man in Ihrer Jugend noch Gummitwist gespielt hat und nicht mit Spraydosen auf Bahngleisen unterwegs war."

Warum schrie er eigentlich? Pokke verstand sich selbst nicht mehr. Eben war die Welt noch in Ordnung und alles gut gewesen! Sogar heldenhaft erinnerte er sich an die Worte von Jan. Er hatte sich selbstbewusst gefühlt, aber der negative Blick dieser Beraterin samt ihrer dämlichen Kommentare zogen Pokke wirklich runter.

„Ich will keinen Beruf für Einarmige lernen. Ich will, dass mein Leben wieder so ist, wie es war!"

Er trat mit voller Wucht gegen einen Stuhl, der daraufhin durch den Raum flog und gegen die nächste Wand knallte.

Frau Grünzeug war im Lauf seines Monologs immer tiefer hinter ihren Schreibtisch gesunken.

„Was ist denn hier los?" Jetzt stürmte auch noch Schwester Dragoner in den Raum. Sie sah Pokke empört an. „Man hört Sie ja bis draußen schreien! Wie benehmen Sie sich denn?"

Pokke sah die beiden Frauen kurz an, dann stürmte er aus dem Raum. In einer Ecke mit künstlichen Palmen griff er zum Telefon. Mist, seine Mutter hatte schon drei Mal angerufen. Für so was war der Empfang plötzlich wieder da, oder was? Unglaublich. Für die hatte er jetzt aber keine Zeit. Er zitterte am ganzen Körper, das Telefon wackelte in seiner Hand. Mit dem Daumen scrollte er durch die Kontakte und fand endlich die Nummer von Jan.

„Was geht ab BRO?", meldete der sich aus dem Auto.

„Ich bin ein Idiot", weinte Pokke sofort los. „Es tut mir leid, ich habe große Scheiße gebaut."

„Ok, beruhig dich erst mal. Ich bin gleich da!"
Pokke konnte fast hören, wie Jan mit dem Auto eine Vollbremsung machte, um anschließend zu wenden und in seine Richtung zu fahren.

Ja, ich erinnere mich gut. So kann es in der Anfangszeit deines neuen Lebens immer mal sein. Du hast einfach so viele neue Themen, mit denen du dich beschäftigen musst, dass sie dich hin und wieder überrennen und du nicht mehr weißt, wo oben und unten ist. Bei mir war das damals auch so. Selbst die tägliche Routine ist plötzlich ganz anders und anspruchsvoller und strengt dich an. Ruhe bewahren ist da eine Methode. Aber das ist viel leichter gesagt als getan, wenn man nicht mal seine Familie oder seine Freunde in der Nähe hat und nur auf sich selbst zurückgreifen muss. Es ist ein Prozess und braucht viel Zeit. Heute kann ich darüber lachen. Damals war es einfach nur anstrengend. Es ist eben auch sehr individuell. Nicht alles funktioniert bei jedem. Es gibt verschiedene Methoden und Dinge, um sich am Schopf aus dem Sumpf zu ziehen. Bewegung an der frischen Luft. Offene Gespräche mit seiner Familie oder Freunden. Vielleicht auch die professionelle Hilfe einer Psychologin. Man sollte sich aus dem Pool der Möglichkeiten das nehmen, bei dem man das Gefühl hat, das es einem helfen kann. Ein gutes Bauchgefühl ist da von Vorteil. Vielleicht auch alles gemischt mit einer gehörigen Prise Gottvertrauen.

Die Abrechnung

„Mann, du hast aber ein Tempo drauf!" Jan schüttelte den Kopf, als sie nebeneinander im Wagen saßen. Pokke hatte auf dem Parkplatz auf ihn gewartet. Verzweifelt war er auf und ab gelaufen und hatte ständig auf die Straße geschaut, die von diesem Hügel runter in den Zubringer zur Klinik führte. Auf die Strecke, wo Zweibeiner und Zweiarmer in Biergärten saßen und sich ihres Lebens freuten.

„Wieso hast du sie so angeranzt? Ich kenne sie. Sie ist bemüht. Sie ist kein Arsch! Sie will dir helfen".

„Aber sie versteht mich nicht."

„Wie kommst du darauf?"

„Weil niemand das versteht, an dem noch alles dran ist. Wie man sich fühlt, wenn man nicht mehr komplett ist. Das musst du doch am besten wissen!"

Konnte oder wollte Jan es nicht kapieren? Wendeten sich jetzt denn alle gegen ihn? Ein paar Momente kämpfte Pokke mit sich. Was sollte er jetzt machen? Dableiben oder schon wieder wegrennen? Er fühlte sich allein und unverstanden. Verstand denn niemand, wie es war, wenn so eine bebrillte Amtstussi vor einem sitzt, sich auch noch hinter einem Schreibtisch verschanzt und diskriminierende Fragen stellt? Pokke starrte geradeaus durch die Windschutzscheibe. Sein Blick war leer. Sein Blut pochte in den Adern und am liebsten wäre er durch die Scheibe gesprungen. Ausrasten und rumtoben wollte er. Um sich schlagen, mit einem Baseballschläger auf alle losgehen, die sich ihm in den Weg stellten. Wieso nur, hämmerten die Gedanken in seinem Kopf, wieso habe ich nur einen Arm? Warum ausgerechnet ich? Warum nicht Viktor oder Sam, die auch mit dabei gewesen waren und die es echt verdient hätten, dass ihnen mal was passiert, damit sie nicht mehr so komplett ego und überheblich sind.

„Weißt du was?" – auch Jan sah nur geradeaus in den Wald, dorthin, wo alles friedlich schien – „Ich erzähl dir jetzt mal eine Geschichte. Eine Art Fabel. Weißt du, was das ist?"

Er wandte sich Pokke zu und sah ihn ganz ruhig an.

„Nö!", grunzte der, immer noch bockig wie eine Ziege.

„Eine Fabel ist eine Geschichte mit einer Botschaft. Mal sehen, ob du die raushörst."

Leck mich, dachte Pokke. Ich hör hier gar nichts raus, weil ich nämlich so was von aggro bin.

Doch Jan ließ sich nicht beirren. „Also, es ist eine Geschichte, die von einem alten Indianer und seinem Enkel handelt. Sie gehen miteinander spazieren. Der Großvater ist in sich gekehrt. Er grummelt würden wir heute sagen. Etwas bewegt ihn und es scheint nichts Gutes zu sein, denn er schaut nicht auf die Natur und auch nicht auf seinen Enkel, sondern nur auf seine Füße und auf die Erde.

Der Enkel fragt ihn: ‚Großvater, was ist denn los mit dir? Warum bist du so muffig und verschlossen?' Und der alte Indianer antwortet ihm: ‚Weißt du, es ist so, als ob in meinem Herzen zwei Wölfe miteinander kämpfen. Der eine Wolf ist rachsüchtig, wütend und gewalttätig. Der andere ist voller Trauer und sucht das Mitgefühl.'

Der Enkel blickt zum Großvater und fragt weiter: „und welcher Wolf wird denn nun den Kampf in deinem Herzen gewinnen?"

Da lächelt der Großvater und sagt: „Der Wolf, dem ich Nahrung gebe."

Es entstand eine kurze Pause, bis Jan fragte: „Und Pokke, welcher Wolf bekommt von dir gerade Futter?"

Pokke antwortete erst einmal nichts. Immer wenn seine Mutter nicht mehr weiterwusste, kam sie mit Yogageschichten aller Art. Irgendwelche heiligen alten Männer in Indien, die ihren verquasten Weisheitskäse zum Besten gaben. Von weisen alten

Frauen erzählte sie nie, obwohl sie sich ständig für die Rechte von Frauen stark machte. Märchen sind was für Kinder! Er spürte, wie sich alles in ihm gegen die Einsicht wehrte, dass er es selbst in der Hand hatte, welchen Gefühlen er Raum gab und wie sein Leben jetzt weiterging. Genau das hatte ihm Jan mit dieser – Äh? Wie noch mal? – ach ja Fabel sagen wollen.

„Aber sie hat mich nicht verstanden!", beharrte er trotzig weiter auf dem Erlebten. „Die Obergrün ist gesund. Sie kann alles machen und will mich beraten, indem sie fragt: Alder, was geht denn noch so bei dir? Vielleicht wäre ich nicht so sauer gewesen, wenn sie mich gefragt hätte: Wie geht es Ihnen denn als Krüppel heute so? Wie ist das, wenn man nur noch einen Arm hat? Wenn die eigene Mutter nicht zu Besuch kommt, weil sie dauernd Yoga macht, man keinen Vater mehr hat und die Polizei einem im Nacken sitzt, weil man einen Lokführer in Gefahr gebracht hat? Vielleicht wäre ich dann nicht weggelaufen, weil ich mich verstanden gefühlt hätte."

„Na wenigstens sagst du jetzt mal was", antwortete Jan ganz ruhig. „Aber das alles hat mit Frau Grünzeug nichts zu tun. Du siehst nur das, was du sehen willst, und fütterst dadurch den bösen Wolf in dir."

Pokke schwieg. Er spürte es selbst, er war wie zugenagelt. Etwas schlug von innen an die Rüstung, die seinen Körper umgab. „Lass mich raus!", schrie dieses Etwas ganz laut. „Ich will hier weg! Ich will, dass mein Leben wieder wie früher ist und ich Skateboard fahre und Zoé mich cool findet."

„Komm, wir steigen mal aus!", forderte Jan Pokke auf.

Wieder zauberte er blitzschnell den Rollstuhl auf den Parkplatz. So schnell, dass Pokke gerade mal ausgestiegen war und sich die Hosenbeine glattgezogen hatte.

„So – und jetzt gehst du mal rüber zu dem blauen Wagen, der da vorne steht."

„Der auf dem hinteren Parkplatz, oder was?"

„Ja, genau den meine ich. Geh da jetzt mal hin."

Pokke ging wie befohlen zu dem Parkplatz. Was das nun wieder sollte! Erst Indianergedankenfürze und dann heiteres Blaues-Auto-Suchen, oder was? Er ließ sich seine schlechte Laune aber nicht anmerken, denn offenbar kam er damit bei Jan nicht durch. Ein bisschen trösten und gemeinsam auf Grünzeug schimpfen hätte mir mehr geholfen, dachte er.

Jan ging ihm nach. Als sie ankamen, bekam Pokke weitere Instruktionen. „So. Und was siehst du an der Frontscheibe in diesem blauen Auto?"

„Einen Behindertenausweis."

„Genau. Und nun rate mal, wem das Auto gehört."

Wie zum Teufel soll ich denn darauf kommen, wem die Karre gehört? Pokke schaute auf das Kennzeichen. Linste in das Auto. Da war nichts, was ihm bekannt war oder auffällig vorkam.

„Bist du blind oder nur störrisch?" Jetzt wurde Jan doch ein bisschen lauter. „Brauchst du einen kleinen Schlag auf den Hinterkopf? Das soll ja bekanntlich das Denkvermögen erhöhen. Neben dem Behindertenausweis klebt doch noch was!"

Noch ein bisschen lauter, dachte Pokke, und der kann mich mal.

„Ein Dienstausweis", vermeldete er dennoch motzig.

„Weiter! Von wem ist der?"

„Von der Agentur für Arbeit!"

Ja gut, Pokke hatte den Ausweis gleichgesehen und etwas geahnt. Jan hatte ihn ja nicht aus Jux und Dollerei zu dem Auto gelotst, das war ihm schon klar. Aber deswegen musste er ja trotzdem nicht auf alle Fragen eine Antwort geben.

„Und? Wem gehört das Auto?" Jans Stimme hatte inzwischen einen herausfordernden Befehlston.

„Frau Grünzeug?", zählte Pokke sehr leise eins und eins zusammen.

„Genau, du Superhirn! Der Wagen gehört Frau Obergrün! Und weißt du, warum da das Schild mit dem Rollstuhl draufklebt?" Jetzt antwortete Pokke nicht mehr.

„Genau, du Pudding", fuhr Jan sauer fort. „Weil die Obergrün nämlich auch ein Behindi ist. Sie hat nur noch ein Bein! Willkommen im Club der Verstümmelten! Und du Idiot hast das nicht gesehen, weil sie hinter dem Schreibtisch saß mit ihrer Prothese. Sie weiß also ganz genau, was Masse ist. Darum spart sie sich die viele Fragerei einfach und kommt gleich zur Sache."

Verdammt! Das war Pokke jetzt doch peinlich. Er hatte da einen ziemlichen Aufstand gemacht, war wie eine beleidigte Leberwurst explodiert, aus dem Raum gerannt – und jetzt das.

„Ich hab's halt nicht gesehen!", verteidigte er sich genervt.

„Man sieht auch nicht alle Behinderungen gleich, du Schlaumeier! Manche Menschen tragen eine Behinderung in sich, die man nicht auf den ersten Blick sieht. Die haben vielleicht eine todtraurige oder kranke Seele. Willst du jetzt auf alle losgehen, die zwei Ohren, zwei Augen, zwei Arme und zwei Beine haben?"

Nein. Das wollte Pokke natürlich nicht.

„Okay. Welchem Wolf willst du Nahrung geben? Wenn du so weiter machst wie bisher, dann ist das so was wie Rabattmarken kleben im umgekehrten Sinn. Bei dir sind zu viele Projekte offen und das macht dich schlecht gelaunt. Du willst dem Lokführer schreiben, es braucht ein Gespräch mit deiner Mutter, Zoé willst du sehen, Jonathan schreist du an, Schwester Dragoner kriegt deine Launen ab und jetzt steht der nächste Mensch auf deiner Liste: Frau Obergrün! Fang endlich mal mit Aufräumen an. Arbeite deine Kontakt- und Entschuldigungsliste ab, sonst verdirbst du dir selbst jeden Spaß am Leben und hinterlässt nur noch verbrannte Erde!"

Sie standen voreinander. Jan kochte innerlich, das sah Pokke. Er selbst zitterte – nicht mit dem Körper, aber in seinem Innern. Neben ihnen parkte der blaue Wagen. Pokke nickte Jan zu. Er hatte verstanden.

Er hatte genau zugehört, was Jan ihm mit auf den Weg gegeben hatte. Er war nun Herr einer Aufgabe, die sich als wichtiger darstellte, als sich mit negativen Gedanken stetig weiter ins Abseits zu schießen. Später am Abend, nachdem er vollständig abgekühlt war, schrieb er ein paar Stichworte und Namen auf einen Zettel. Bei welchen Menschen in seinem neuen Leben musste er sich dringend melden? Wer war ganz besonders wichtig? Nach ewigem Aufschreiben und wieder Durchstreichen, weil das Kopfkarussell auch noch da war und ihn auf Trab hielt, hatte er eine Liste mit einer Rangfolge. Oben standen zwei wichtige Namen auf seinem Blatt, mit denen er beginnen wollte. Es waren Frau Obergrün und seine Mutter. Zoé wollte er an einem anderen Tag schreiben, das war für heute zu viel Emotion für ihn. Sie stand auf Platz drei, aber sie brauchte einen Extra-Anlauf. Und auch der Lokführer musste noch warten.

Eins nach dem anderen, dachte Pokke bei sich. Gut Ding will Weile haben. Bloß keine Hektik hier im Stock. Er fing mit dem Entschuldigungsbrief an Frau Obergrün an, weil das für ihn einfacher war, als an seine Mutter zu schreiben. Die hatte schließlich schon mehrfach versucht, ihn hier in der Reha-Burg anzurufen. Wobei sie zwischen ihren Yogakursen sicher keine Zeit hatte, sich Sorgen zu machen. Schreiben war für ihn in diesem Fall auch einfacher als sprechen. Und schon nach den ersten Zeilen spürte er, dass sich ein gutes Gefühl bei ihm einstellte und ihm sagte: „Das ist genau die richtige Vorgehensweise, um mich von allem Ballast zu befreien". Pokke wollte um alles in der Welt reinen Tisch machen. Er wollte frei sein für Neues".
Und das sollte schneller kommen, als er dachte.

Bis an die Sterne

Es war dreamlike. A match made in heaven! Sie lagen auf der Wiese, nebeneinander, jeder für sich auf einem kleinen Handtuch. Die hatte Pokke – in Ermangelung einer Decke – aus seinem Bad mitgenommen, als er den Umschlag gefunden hatte, den Sarah unter seiner Zimmertür durchgeschoben hatte. Zum Glück hatte sie einen Umschlag genommen, denn einen Zettel hätte Jonathan bestimmt gelesen, frei nach dem Motto: Hmmm. Und? Ich dachte, der wär für mich! Aber nein, der Zettel, der in dem Umschlag steckte, war für Pokke. Darauf stand, dass Sarah ihn heute Abend abholen würde. Er sollte eine Decke mitnehmen für die Wiese, aber vor allen Dingen sollte er sich nichts anmerken lassen! Es hatte ewig gedauert, bis es endlich Abend wurde. Um 22.00 Uhr wurden die Kliniktüren zugesperrt.

„Komm mit mir!", flüsterte sie, als sie weit nach dieser Uhrzeit leise dreimal an die Tür klopfte. Und obwohl es verboten war, nach Beginn der Nachtruhe das Haus zu verlassen, gab sie ihm ein stummes Zeichen, ihr durch die dunklen Katakomben der Klinik nach draußen zu folgen.

Der Haupteingang lag einsam und schlecht beleuchtet in der Dunkelheit. Der Pförtner döste in seinem Stuhl vor dem Computer, als sie leise durch das knarrende Fenster stiegen, das aus einem der Küchenvorratsräume ins Freie führte. Von dort ging es im Schutz der Dunkelheit tief in den Park hinein. Ein Waldkäuzchen rief und Fledermäuse schwirrten durch die Nacht.

„Woher weißt du von dem Fenster", fragte Pokke flüsternd. War Sarah vielleicht schon mit anderen hier ausgestiegen? War er am Ende gar nicht die Number one, auch wenn sie so tat, sondern Number onehundredfortyseven?

„Für irgendwas muss es doch gut sein, dass ich in der Cafeteria arbeite", kicherte Sarah. „Außerdem habe ich ein Faible für Schleichwege aller Art. Diesen hier habe ich aber erst vor wenigen Tagen gefunden – und nun erleben wir beide diese Premiere gemeinsam."

Yes! Doch Number one. Aber eigentlich auch egal, dachte Pokke und tat nach außen so, als wäre es das Normalste auf der Welt.

Mit einem Mal standen sie im hinteren Kräutergarten, aus dem die Küche sich bediente. Jemand musste erst vor Kurzem hier die Pflanzen gegossen haben, denn es duftete wunderbar nach Thymian und Rosmarin.

„Es riecht hier wie in der Provence", schnupperte Sarah mit geschlossenen Augen. „Findest du das nicht auch? Pure Energie!"

Pokke war noch nie in Südfrankreich gewesen, aber auch das ließ er sich nicht anmerken. Stattdessen schloss er ebenfalls die Augen und atmete tief ein. Na gut, Rosmarin kannte er eher von seiner Lieblings-Chips-Sorte und weniger vom Geruch der Pflanze hier draußen. Aber hier zu sein in der Nacht – weggeschlichen und ausgestiegen –, das war wirklich pure Energie. Sarah hatte recht.

„Wollen wir Sterne schauen? Hast du die Decke zum Draufliegen dabei?"

Nervös fummelte Pokke die beiden Handtücher aus seinem Rucksack. Und wie jetzt hinlegen? Quer oder längs oder übereinander? Verdammt, auf einmal wusste er gar nichts mehr.

„Gib her!", lachte Sarah, nahm ihm die Tücher aus der Hand und legte sie aufs Gras. Dann verschob sie die beiden Teile noch ein paar Mal. „So ist es gut. Nein so. Warte! Nein … so isses noch besser!"

Mit einem Mal lagen sie Seite an Seite da, gerade und stocksteif, sahen in den Himmel und suchten zusammen die Sternbilder, die in der Unendlichkeit zu entdecken waren.

„Da ist der große Bär!"

„Und da der Kleine!"

„Und da, schau mal, da ist das Urmel!"

„Das Urmel ist doch kein Sternenbild, das ist Augsburger Puppenkiste", prustete Sarah los.

„Doch!", widersprach Pokke heftig. „Das ist mein Sternzeichen. Ich bin im Monat des Urmels geboren. Das bedeutet, dass …"

„… klar, dass du in einer Mupfel wohnst", kicherte Sarah ausgelassen.

„Das ist noch das Sternbild des Ping!", rügte er sie mit übertriebenem Ton. „Dass du das nicht weißt! Du hast wohl in der Schule geschlafen und nicht mitbekommen, dass es auch ein paar Sterne gibt, die nach dem Pinguin benannt ist!"

„Und astrologisch? Welche Charaktermerkmale hat das Urmel?"

Pokke überlegte. So gut hatte er Urmel aus dem Eis nun auch wieder nicht drauf. Das letzte Mal hatte er das Buch in der Grundschule mit seiner Mutter gelesen. Mutig reimte er sich etwas zusammen.

„Na ja … die Menschen, die im Sternzeichen des Urmels geboren sind, sind sehr kreativ, freundlich und sehr beliebt. Sie sind jedermanns Freund." Sie prusteten vor Lachen. „Häufig findet man das Urmel in Cafeterias, aber auch auf Wiesen in der Nacht, die nach Provence riechen. Besonders auch dann, wenn da Menschen sind, die nur noch einen Arm haben."

Jetzt war die ausgelassene Laune wie weggeblasen. Warum fange ich immer wieder mit diesem Mist an?, warf Pokke sich selbst vor. Kann ich nicht einfach aufhören damit? Muss ich mich ständig selbst quälen?

„Ich glaube, wir können nur dann ein gutes Leben haben, wenn wir uns und anderen verzeihen können. Das gilt für dich, den Lokführer, deine Mutter und auf wen du sonst noch alles einen Brass hast", las Sarah seine Gedanken.

„Hhmm. Kann sein", brummte Pokke tonlos. Er war enttäuscht, dass er die Stimmung vermasselt hatte. Es war doch so schön gewesen und einen Moment lang – einen kleinen Moment nur – hatte er vergessen, was Sache war. Bis er selbst wieder damit angefangen hatte.

„Ich hasse mich manchmal", gestand er bitter.

„Kenne ich." Sarah nickte in die Dunkelheit. „Jeder kann einen Fehler machen, der sich auf sein Leben auswirkt."

Pokke sah zu ihr rüber. Was war los? Wollte sie etwas loswerden?

„Ich habe eine Idee!", rief sie plötzlich und sprang auf. „Komm! Zieh mal deine Schuhe aus!" Sie schlüpfte aus ihren Sandalen und kickte sie zur Seite. „Das ist so schön! Spürst du das?"

Also gut, dachte Pokke. Themenwechsel. Ich lass mich drauf ein. Ordentlich zog er seine Sneaker aus und stellte sie nebeneinander an die Seite des Handtuchs. Sarah war bereits ein paar Schritte von ihm entfernt. Das Gras war nachtfeucht. Pokke konnte sich nicht daran erinnern, wann er das letzte Mal barfuß auf Gras gelaufen war. Und erst recht nicht in der Nacht und dann auch noch draußen. Er spürte jeden Halm, der durch seine Zehen strich und ihn kitzelte. Jan kann das gar nicht mehr spüren, dachte er sofort.

Das Gras war kühl, erfrischend und zart zugleich. Er bückte sich, um es auch mit seiner Hand zu fühlen. Es roch wunderbar und war so weich, als wäre es aus Samt. Auch das Wimmeln von vielen kleinen Insekten, die ihm über den Handrücken wuselten, konnte er spüren. Warum hatte er diese Erfahrung nie mit beiden Händen gemacht? Er war immer nur durch die Natur gelaufen und hatte sie angenommen wie eine Fototapete, die hübsch anzuschauen ist. Aber er hatte sie nie so gespürt wie heute. Jetzt ging das nur noch mit einer Hand, aber immerhin noch mit beiden Füßen. Es war das erste Mal, dass er realisierte, dass er auch beide Arme hätte verlieren können, so wie Jan seine beiden Beine verloren hatte. Oft ist es nur der Bruchteil einer Sekunde, der dein Leben für immer verändern kann. Eben bist du noch der coole Dude, hältst in jeder Hand eine Sprühdose, rennst durch dunkle Gassen und über Schienen – und nur wenige Minuten später erkennst du benommen, dass da Blaulicht auf dich zukommt. Du hörst gedämpft, wie der Lokführer noch immer weinend um Hilfe schreit. Es ist, als hättest du Schaumstoff in den Ohren. Stimmen, die auf dich einschreien, dass du wach bleiben und auf keinen Fall einschlafen sollst. Alles ist verschwommen, die Menschen, der Zug und die ganze Hektik um dich herum. Alles deinetwegen.

„Ich hätte mich längst bei dem Lokführer entschuldigen müssen", bekannte er mit einem Mal. Er sah nicht zu Sarah. Und sie wandte auch ihren Kopf nicht in seine Richtung.

„Dann mach es doch einfach", sagte sie leise in den dunklen Himmel hinein. „Das Sternzeichen Urmel ist doch auch für Wahrhaftigkeit und Mut bekannt."

„Nur, wenn dein Aszendent der Räuber Hotzenplotz ist."

Sarah lächelte. Sie spielte mit einem Grashalm und zeigte damit auf die Milchstraße. Ihre Augen forschten nach Saturn und Mars.

„Ich weiß nicht, was ich sagen soll. Entschuldigen, ja, klar. Aber wie?" Pokke richtete sich auf und sah zu Sarah rüber. „Was soll ich ihm denn schreiben?"

Sarah blieb liegen und zog ihn wieder auf das Tuch. „Entschuldigungen sind dafür da, dass man sich entschuldigt. Dass man sagt, dass einem von Herzen leidtut, was man getan hat. Und auch dafür, dass man sich selbst danach besser fühlt, weil man es losgeworden ist."

„Du sprichst wie meine Mutter, die tut auch immer ganz heilig", frotzelte Pokke.

„Quatschkopf, das hat doch nichts mit Predigen zu tun." Sarah zwickte ihn in die Seite. „Man kann eben anderen Menschen gut helfen, sich zu entschuldigen, wenn man sich selbst einmal überwunden hat, das zu tun, und quasi Übung darin hat."

Hatte sie nicht vorhin bereits etwas in der Art angedeutet? Gesagt, dass sie sich selbst verzeihen musste?

„Redest du von dir?", fragte Pokke so erstaunt, als könnte ein Mensch wie Sarah niemals einen Fehler machen – und wenn, dann ganz sicher keinen großen.

„Weißt du …"

Er hörte, wie ihre Stimme zitterte.

„Pokke", begann sie schließlich leise, „es gibt etwas, was ich dir sagen muss, und ich weiß nicht einmal, wie ich anfangen soll." Sie machte eine Pause. „Ich habe etwas viel Schlimmeres getan als du. Ich habe nicht mich verletzt, sondern einen anderen Menschen. Sie war sogar so etwas wie eine Freundin."

Die Sterne leuchteten hell am Himmel, während Sarah nervös mit den Fingern an ihrem T-Shirt zupfte. Ihr Gesicht verriet Unsicherheit, als sie endlich den Mut fand, die Worte auszusprechen, die sie so lange zurückgehalten hatte.

„Diesen großen Fehler, den ich gemacht habe … ich weiß nicht, wie ich das jemals wiedergutmachen kann." Ihre Augen füllten sich mit Tränen, als sie ihre große Schuld spürte. Sie hatte einen Kloß im Hals.

„Kann nicht sein", meinte Pokke und setzte sich wieder auf. Sarah drehte sich von ihm weg und lag jetzt auf der Seite. Es musste ihr wahnsinnig schwerfallen, darüber zu sprechen.

„Komm zu mir", forderte er sie auf. „Dreh dich um und erzähl mir alles. Ich werde dir zuhören und dich mit großer Wahrscheinlichkeit verstehen. So schlimm kann es doch nicht gewesen sein, denn du bist für mich eines der coolsten und warmherzigsten Mädchen, die ich je getroffen habe."

Er hatte Mädchen gesagt, ui, ui, ui, nicht Menschen.

Als ich die Geschichte das erste Mal hörte, fand ich diese Stelle sehr berührend und auch richtungsweisend. Da ist dieser Pokke, der eben noch gewütet, um sich geschlagen und geschrien hat. Und jetzt, wo er es zugibt, da öffnen sich auch andere Menschen mit ihren Ängsten. In diesem Fall ist es Sarah. Und er hat plötzlich die Chance, ihr zu helfen. Weil er versteht, was in ihr vorgeht. Bei den meisten Dingen, die wir getan und damit einen Menschen verletzt haben, können wir uns ehrlich und aus tiefstem Herzen entschuldigen. Das ist enorm wichtig für unser Gegenüber und auch für uns. Vergeben und Verzeihen ist eine elementare Verbindung zu unserem seelischen Glück. Auch in diesem emotionalen Bereich kann unser Handeln ein großes Vorbild für andere Menschen sein und somit die Tür und Hilfe, die sie grade brauchen. Es ist immer wichtig, wie wir damit umgehen, damit nichts Negatives zurückbleibt. Das sind zumindest meine Erfahrungen der letzten Jahre.

„Du hast einen Menschen erschreckt und damit verletzt – aber ich habe einem Menschen absichtlich eine Falle gestellt und ihn ins offene Messer laufen lassen. Ich hab mich schäbig verhalten und gelogen. Ich habe einem Menschen furchtbar geschadet."
Sarah fühlte sich spürbar erleichtert, dass sie das Thema angesprochen hatte, aber auch schuldig – und ängstlich, wie Pokke wohl reagieren würde.
Verraten? Jemanden reingelegt? Noch wusste Pokke nicht wirklich, was Sarah ihm erzählen wollte. Jemandem bewusst zu schaden, war wirklich etwas anderes als ein aus Leichtsinn verschuldeter Unfall. Pokke war froh, dass ihm dieses Schicksal erspart geblieben war. Er hatte zumindest den Unfall nicht geplant, er war einfach geschehen. Aber Sarah? Hatte sie wirklich bewusst jemanden reingelegt?

„Was hast du denn genau getan?"

Pokke hörte, wie sie schluckte. Es war kühl geworden und sie zitterte. Er zog seine Jacke aus und legte sie über ihre Schultern.

„Danke", flüsterte sie und kuschelte sich darin ein. „Ich schäme mich bis heute dafür, obwohl alles schon ein paar Jahre zurückliegt. Genau genommen war es ... Nein! Ich kann es nicht erzählen."

„Du kannst es mir ruhig erzählen, ich höre dir zu."

Für einen kurzen Moment lehnte sie sich an seine Schulter.

„Also gut", sagte Sarah und holte tief Luft, bevor sie begann. „Es war die Zeit, als ich Abi machte. Ich habe einer Schulkameradin einen Spicker für die Prüfung unter ihren Tisch geklebt, weil ich sie nicht leiden konnte. Dann habe ich sie bei der Aufsicht verpetzt. Ariane wurde wegen Betrug sofort vom Abi disqualifiziert und musste ein ganzes Jahr wiederholen."

„Puh, das ist heftig", meinte Pokke und schüttelte seine Hand dabei so, als hätte er sie an einem heißen Topf verbrannt. Als Sarah fertig erzählt hatte, sah er ihr in die Augen. „Sarah, jeder von uns macht Fehler. Das ist ein Teil des Lebens. Wichtig ist, wie wir mit ihnen umgehen. Ich verstehe dich so gut, dass du das bereust. Trotzdem muss es ja für Dich einen Grund gegeben haben, dass du so etwas Fieses getan hast. Du bist sonst so ein wunderbarer, herzlicher Mensch. So freundlich und offen. Du bist fröhlich mit den Patienten, du gehst auf sie zu, hast immer ein nettes Wort für sie und hilfst, wo du nur kannst."

Pokke hatte noch nie einem Menschen – einem Mädchen – so viele Komplimente auf einmal gemacht. Es kam ihm vor, als müsste er Sarah auffangen und halten. Als müsste er ihr all das Schöne, das er in ihr sah, bewusst und sichtbar machen, indem er es aussprach.

„Was ist aus ihr geworden?", fragte er nach einer nachdenklichen Pause.

„Ich weiß es nicht, ich war zu feige, danach zu fragen. Ich hab sie nie wieder gesehen. Diese Geschichte hängt wie eine dunkle Wolke über mir. Sie ist immer da. Und wenn ich im Sommer die Abiturklassen sehe, wie sie durch die Straßen ziehen und sich freuen, dass sie es geschafft haben, dann denke ich immer an Ariane und daran, wie auch sie sich gefreut hätte, dabei zu sein. Ich sehe, wie sie damals fassungslos vor dem geschmückten Abi-Umzugswagen stand und nicht mitfahren durfte. Und ich stand oben. Sie sah mich damals an. Vollkommen reglos. Oh Gott!" Sarah warf ihr Gesicht in die Hände und weinte. „Ich schäme mich so dafür!"

„Aber es muss doch einen Grund gegeben haben", versuchte Pokke noch immer zu verstehen. „Kein Mensch tut so etwas einfach so. Und begeht auch so einen Verrat nicht mal eben. Da steckt doch immer eine Geschichte dahinter. Es hört sich eher nach einer Verzweiflungstat an."

„Ariane war wahnsinnig beliebt! Viel beliebter als ich. Vor allen Dingen, und das war das Schlimmste für mich, bei meinen Eltern. Meine Mutter war hin und weg von ihr. Sie fand immer, dass sie hübsch angezogen war. Ich bin eher so ein lässiger Klamottentyp. Kleider finde ich schrecklich und hohe Absätze mag ich auch nicht. Dieser ganze Glitzerkram und die Schminkerei, das liegt mir einfach nicht. Mein Vater fand sie klug. Sie sagten oft, ich solle mir Ariane als Vorbild nehmen, wenn mal etwas aus mir werden soll. Ariane sah über mich hinweg. Sie hatte es überhaupt nicht nötig, sich mit einem so mittelmäßigen Mädchen wie mir abzugeben. Trotzdem war sie meine Freundin. Sie wurde von allen Seiten bewundert und war einfach die Queen. Für die Abi-Prüfung hat sie dann strebermäßig gelernt. Ich ertrug es einfach nicht mehr und habe ihr den Zettel an dem

Morgen einfach unter den Tisch geklebt. Ich wollte sie stoppen, wollte der ganzen Beweihräucherung ein Ende setzen. Sie hat nichts davon gewusst. Es ging auch blitzschnell. Wir zogen die Nummern, ich ging an ihrem Tisch vorbei und gut vorbereitet, wie ich war, klebte ich einfach den Zettel drunter. Touchdown, dachte ich mir, der Drops ist gelutscht. Gleich fällt der Baum um, Over and Out, das war's.

„Du wolltest im großen Rennen vor ihr liegen. Stimmt's?"
Sarah nickte.

„Deine Eltern sollten denken: Aha, die hübsche Ariane. Da dachten wir immer, sie wäre klug, dabei braucht sie einen Spickzettel, um durchs Abi zu kommen. Vielleicht ist sie doch keine so schlaue Überfliegerin, wie wir die ganze Zeit geglaubt haben. Und eigentlich ist sie auch gar nicht schön, wo wir jetzt mal genau hinschauen. Unsere Tochter aber, ja, die hat es so was von geschafft! Sie war ja schon immer die Größte für uns.
Jetzt musste Sarah lachen und ihr Lachen klang wohltuend und befreiend zugleich.

„Es war aber trotzdem eine ziemlich fiese Aktion", schloss Pokke.

„Ich weiß." Sie nickte. „Es ist ein paar Jahre her. Ich weiß nicht, was aus ihr geworden ist, und ich fühle mich immer noch schuldig. Vielleicht ist die Arbeit hier im Café der verzweifelte Versuch, etwas wiedergutzumachen. Wenn auch nicht für sie ist, dann zumindest für andere Menschen."

„Man tut nichts ohne Grund", dachte Pokke laut nach. „Bei mir war der Grund, dass ich allen zeigen wollte, dass ich was drauf habe. Ich war der King. Es war so geil, dass die anderen Jungs mich cool fanden und zu mir aufschauten."

„Wenn du Anerkennung möchtest, im Mittelpunkt stehen und ein ganz Großer sein willst, wie könnte dir das denn noch auf einem anderen Weg gelingen? Gibt es noch mehr Möglichkeiten für dich, als mit einer Spraydose in der Hand und einem Einbruch in ein Bahngelände so cool zu sein, wie du dir das vorstellst?", hatte ihn sein Psychologe Herr Borowski gefragt.

Es hatte eine Weile gebraucht, bis Pokke Herrn Borowski antwortete.

„Ich könnte vielleicht jemandem etwas Gutes tun. Etwas erfinden, was Menschen weiterhilft. Oder einfach jemandem helfen, der in Not ist."

„Ja, sehr gut, das sind auch Möglichkeiten, zum Vorbild zu werden", hatte Herr Borowski genickt. „Das ist ein guter Ansatz. Und was denkst du, wie viele Menschen du dabei glücklich machen könntest?"

Das war eine sehr erhellende Frage gewesen, denn Pokke hatte mit einem Mal erkannt, dass er neben den vielen anderen Menschen vor allem sich selbst damit glücklich machen konnte. So wie er jetzt eine ganze Anzahl von Menschen ratlos und traurig gemacht hatte. Zudem waren die meisten von ihnen auch noch unendlich erschrocken.

„Ein starker Gedanke hat dich damals gedrängt und dir eingeredet, dass das ein guter Weg sei, ein bestimmtes Gefühl zu bekommen, oder?", fragte Pokke.

Sarah gab ihm keine Antwort. Eine späte Nachtigall sang, eine Ameise krabbelte über seinen Fuß und die Wärme des Tages wich immer mehr der Kühle der Nacht. Ja, erkannte er, ich reagiere jetzt auch so. Sage gar nichts mehr, weil ich nicht weiß, wie ich anfangen soll. Sie hat sicher einen großen Kloß im Hals. Ein klarer Fall von Sprechblockade. Aber wir haben ja das Wichtigste besprochen und sie fühlt sich jetzt besser. Auch Pokke fühlte sich nach diesem Gespräch sehr erwachsen.

Es stimmte, was Sarah zu Beginn des Abends gesagt hatte: Nur Ariane konnte Sarah verzeihen und sie sich am Ende selbst. So wie er sich verzeihen musste, dass er diesen Lokführer, der nichts anderes als seinen Job gemacht hatte, in der Nacht so erschreckt hatte, dass er vermutlich bis heute noch unter Schock stand. Auch Pokke musste sich verzeihen, dass er so doof und dämlich gewesen war. Seine Überheblichkeit hatte ihn in jener Nacht einen Arm gekostet. Aber um wieder ganz gesund zu werden, brauchte er auch die Vergebung des Lokführers – und zwar dringend.

„Hast du mal überlegt, es ihr zu sagen und dich zu entschuldigen?", fragte Pokke.
„Das schaffe ich nicht allein."
„Und wenn ich dich begleite? Ich, das große Urmel am Firmament?"
Sie lagen jetzt wieder beide im Gras, Seite an Seite und blickten in den Sternenhimmel. In ein paar Stunden würde es wieder hell werden. Und in dem Spalt zwischen ihnen fanden sich – mit einem Mal – ihre Hände und berührten sich. Die zarte Hand von Sarah und die starke Hand von Pokke – die Hand, die ihm geblieben war.
„Hast du eigentlich einen Freund?", fragte Pokke. Seine Stimme war fest, er konnte es hören. Viel fester, als er erwartet hatte.
„Vor einiger Zeit. Ich dachte, wir wären wie zwei weiße Schwäne, die ihr Leben lang zusammenbleiben. Aber er war kein Schwan, sondern ein Flamingo, der mit nur einem Bein in unserem Leben stand. Ich war sehr enttäuscht und habe irgendwann die Reißleine gezogen."
Pokke erwähnte Zoé nicht und Sarah fragte auch nicht nach ihr. Nicht jetzt, dachte er. Ich will bis zum Morgenrot genauso hier liegen bleiben und damit es so bleibt, werde ich mich nicht bewegen.

Der schlafende Engel

Auch als Pokke und Sarah später die Handtücher eingepackt hatten und aufgebrochen waren, als Sarah mit ihrem Roller weggefahren war und Pokke ganz allein durchs Fenster eingestiegen und hoch in sein Zimmer gegangen war, war er noch ganz erfüllt von dem Thymian- und Rosmarinduft, den Sternen und seinem neuen Image als Situationsretter.

An Schlafen war jetzt nicht zu denken. Aufgewühlt setzte er sich auf einen der vielen Wartezimmerstühle und hing seinen Gefühlen nach. Genauso sollte es mit Zoé sein. So leicht, so vertraut und natürlich verliebt, was er bei Sarah ja nicht war. Sie waren einfach Kumpel und es fiel ihm leicht, offen und ganz er selbst zu sein. Dass Sarah tagtäglich so viele Menschen mit Behinderung sah, war für ihn von Vorteil. Was war schon ein fehlender Arm gegen Menschen, die sich gar nicht mehr bewegen konnten, blind waren oder keine Beine mehr hatten? So gesehen – und der Gedanke war irgendwie schräg – ging es ihm fast gut. Er hatte nix. Er konnte gehen, sehen, lachen und auch greifen. Vielleicht, überlegte er weiter, wird Zoé gar nicht so angewidert von mir sein, wie ich mir das in meinen schlimmen Träumen ausmale. Auch Sarahs Beichte beschäftigte ihn noch. Nein, so was steht nicht in meinem Programm, entschied er. Ich lege niemanden rein. Aber wenn er hörte, warum sie es getan hatte, wenn er in ihrem Kopf spazieren ging, konnte er es zumindest nachvollziehen. Es würde ihr guttun, wenn sie sich entschuldigt, dachte er. Es würde mir guttun, wenn ich mich entschuldige, dachte er weiter und stand auf.

Als er zurück in sein Zimmer kam, schlief Jonathan tief und fest. Er hatte wie immer Kopfhörer auf den Ohren. Pokke konnte – ebenfalls wie immer – die Musik hören, weil Jonathan die Lautstärke auf den Modus Freiluftarena gestellt hatte. Grade wollte er wohl 20.000 Menschen damit beschallen. Normalerweise brachte das Pokke zum Platzen. Nicht die laute Musik, sondern dass es Jonathan war. Diese Nervensäge. Zumindest furzte er mal nicht. Das gab Hoffnung.

Vor dem Gespräch mit Sarah hätte Pokke Jonathan die Kopfhörer vermutlich aggressiv von den Ohren gerissen und das Handy in die Schublade geknallt. Jetzt schlich er an Jonathans Bett und hob ihm sachte die Kopfhörer von den Ohren. Er verharrte noch einen Moment länger am Bett und betrachtete sich Jonathan genauer. Pokke kannte Jonathans Geschichte noch immer nicht, weil Jonathan nie sprach, sondern immer nur wie ein Goldfisch vor sich hin glotzte. Aber auch Jonathan musste einmal Pläne gehabt haben und lag ja nicht aus Spaß in dieser Klinik. Sehr vorsichtig schob er die Schublade wieder zu. Natürlich klemmte sie, wie alle Schubladen in Kliniken klemmen und quietschen. Wach wurde Jonathan davon zum Glück aber nicht. Pokkes Blick fiel auf ein paar Fotos, die aus der Schublade lugten. Obwohl ihm klar war, dass er Jonathans Privatsphäre verletzte, konnte er der Versuchung nicht widerstehen und fingerte ein paar der Bilder heraus. Es waren Familienfotos. Jonathan war darauf zu sehen, noch nicht so dick wie heute. Ein paar Jungs und er, die vermutlich eine Party feierten. Er lachte breit und stand in der Mitte der Gruppe. Pokke drehte das Foto um und schaute auf die Rückseite. Da stand mit Handschrift geschrieben: Sweet Sixteen. Das Foto musste im letzten Jahr aufgenommen worden sein. Sein Geburtstag?
Denke an dich! Mama, war als Gruß geschrieben, mit Datum und einem gemalten Herz daneben. Dann kamen Fotos von einem Hund, Jonathan in seinem Zimmer, ein Klassenfoto, ein Familienbild mit Großeltern. Ein Weihnachtsfoto zeigte, dass Jonathan auch eine Schwester hatte. Auf die Rückseite von jedem

Foto hatte seine Mutter etwas geschrieben. Etwa: Wir lieben dich! Oder: Rocky freut sich schon aufs Gassi gehen.

Pokke spürte den Stich im Herzen. Auch wenn er nicht scharf darauf war, dass seine Mutter ihm bunte Bildchen schickte oder Briefe mit honigklebrigem Mama-Gesülze unterschrieb, kränkte es ihn doch, dass sie sich zwar irgendwie kümmerte, aber eigentlich eben auch nicht. Klar, sie hatte ihm auch schon eine Karte geschickt – von Mallorca, wo sie Yin Yoga lernte. Sie rief auch mal an. Sogar aus Indien hatte sie sich gemeldet. Aber meistens eben nur schnell und nebenbei aus der Mittagspause von irgendeinem veganen Yoga Retreat, um sich kurz zu erkundigen, wie es Pokke ging. Während dieser Telefonate bekam dann Pokke mit, wie sie zeitgleich anderen Leuten zuwinkte oder ihnen „Ich komme gleich" oder „Nur eine schnelle Minute" zurief. Manchmal hörte er auch, dass sie jemandem eine Kusshand zuwarf. Das machte dann Pfübb in seinem Ohr.

Wenn er dann „Hej, Mama!" rief, meldete sie sich mit „Ach sorry" zurück. „Das war nur eben Betti, Moni, Markus, Paul, Pupsnase" – oder wie die anderen Teilnehmer auch hießen. Irgendwelche Vögel, die ganz offensichtlich wichtiger waren als er. Auch von ihm und seinen Eltern gab es natürlich Fotos. Die waren aber vor der Trennung aufgenommen worden. Er musste damals so sechs Jahre alt gewesen sein, denn er erinnerte sich, dass beide bei der Einschulung noch dabei gewesen waren, er sich am Ende des ersten Schuljahrs aber bereits in zwei Wohnungen das Lob für das erste Zeugnis abgeholt hatte. Was immer Jonathan passiert war, offensichtlich wurde er geliebt.

Leise schob Pokke die Schublade wieder zu und dachte an Emely und seine Klasse. Die hatten ihm auch geschrieben.

„Danke für die Erinnerung daran", flüsterte er in Richtung Jonathan.

Jonathan grunzte friedlich.

An Schlaf war weiterhin nicht zu denken, obwohl es bereits weit nach Mitternacht war. Pokke setzte sich auf sein Bett und ließ die Beine baumeln. Ich hatte gerade den schönsten Abend seit Langem, dachte er. Wie gern hätte er mit Zoé den Sternenhimmel betrachtet! Ihre Hand gehalten. Ach Zoé, sie war so weit entfernt und doch so nah. Er legte sich hin, schloss die Augen und wünschte sich den letzten gemeinsamen Abend zurück. Sie hatten am Lagerfeuer gesessen. Zoé hatte ihn feengleich angelächelt und dabei zwei kleine Grübchen in ihren Wangen gezeigt. Ihre Haare waren zu zwei Zöpfen geflochten, die sie mit Haarspangen seitlich am Kopf befestigt hatte. Ihren Arm zierte ein kleines feines Tattoo. „Ein Kompass", hatte sie ihm das Bild erklärt. Jetzt konnte er sich wieder erinnern „Damit ich nie die Orientierung in meinem Leben verliere!"

In welche Richtung seine Navigation ging, wusste Pokke jetzt ganz genau: Richtung Holland! Mit Zoé machte sogar Englisch lernen auf einmal Spaß.

„Do you like music?", hatte er sie gefragt.

„Of course!" Zoé hatte kopfschüttelnd und ungläubig gegrinst. Klar, wer hörte denn nicht gern Musik. Blöde Anmache, musste sie gedacht haben.

„And what kind of music do you like?" Pokke war beharrlich geblieben und hatte ihr damit gezeigt, dass er keine Phrasenmaschine war.

„Mmmm", hatte Zoé kurz nachgedacht. „Don' t know if you know him, but I prefer Peter Fox."

Scheiße, who the fuck was Peter Fox?

"Oh yes – he is very good", hatte er einfach weitergeredet und hektisch nach dem Namen irgendeiner Band gesucht, die gute Musik machte und gleichzeitig intellektuell angehaucht war.

„Aber ich kann auch Debussy sehr gut leiden", switchte sie nun – die Worte langsam suchend und vorsichtig aussprechend – ins Deutsche über.

„Und keine Holländer?", hatte er gelacht, weil er Debussy auch noch googeln musste.

„Muss ich?", fragte sie zurück.

Natürlich nicht. Niemand musste hier irgendetwas. Nur er musste Zoé unbedingt wiedersehen. Sie war nach Hause gefahren und sie hatten noch ein paar Mal über Facetime gesprochen und gechattet. Dann war die Nacht gekommen, die für ihn alles verändert hatte.

Seitdem hatte er sich nicht mehr bei ihr gemeldet. Und auch wenn Jan ihm Mut machte, hier in der Klinik ging ja nicht viel, da es kein wirkliches Netz gab. Er setzte sich hin und sah dennoch in seinem Handy nach, obwohl er wusste, dass er ihre Nummer und auch ihre Adresse aus Verzweiflung in den Wochen nach seinem Unfall gelöscht hatte. Andererseits wäre anrufen so oder so keine gute Idee gewesen. Sollte er sich etwa melden und sagen „Schalt mal um auf Video, ich will dir was zeigen" und dann mit dem Stumpf in die Kamera wackeln? Oder eine mystische Nachricht schicken wie: Es ist viel passiert, seit wir uns gesehen haben. Dann hätte sie womöglich gedacht, dass ich ein anderes Mädchen kennengelernt habe. Keine gute Idee.

Als die ersten Vögel ihr Morgenlied anstimmten, fasste Pokke einen Entschluss und holte sein Matheheft aus der Schultasche. Er riss ein Blatt heraus. Und dann noch eins und noch eins, weil ein Blatt sicher nicht ausreichen würde für das, was er Zoé alles schreiben wollte.

Liebe Zoé,
begann er sehr altmodisch.
Bestimmt hast du schon lange auf ein Lebenszeichen von mir gewartet.
Hatte sie das? Vielleicht hatte sie längst einen anderen Typen am Start und interessierte sich gar nicht mehr für ihn. Hatte

ihn möglicherweise schon längst vergessen!

Es ist mir etwas dazwischengekommen, aber glaube mir bitte, ich hatte immer vor mich zu melden, denn ich habe unseren Abend am Lagerfeuer nicht vergessen.

Und jetzt? Was sollte er weiterschreiben?

Wie geht es dir?

Oh Mann! Wie langweilig war das denn?

„Wie geht es dir? Wie geht es dir?", äffte er sich selbst nach. „Geht's noch?" Wütend knüllte Pokke das Blatt zusammen und warf es treffsicher neben den Mülleimer in der Ecke des Zimmers.

„Was'n los", fragte Jonathan schläfrig.

„Ach fick dich!", fluchte Pokke frustriert und Jonathan ließ fast lautlos einen fahren.

Ich muss jetzt doch was zu Jonathan sagen beziehungsweise zu Pokke, denn ich finde, er benutzt Jonathan als eine Art Fußabtreter und geht nicht gut mit ihm um. Viele Menschen haben ein Thema, das auf den ersten Blick nicht zu sehen ist. Jonathan scheint ein solcher Mensch zu sein. Wir wissen nie, was anderen Menschen geschehen ist, darum sollten wir vorsichtig mit ihnen umgehen. Das wünscht sich Pokke ja auch für sich. Und das wünschen sich natürlich auch Menschen, die nicht beeinträchtigt sind. Wenn wir andere nicht verstehen, dann hilft nur eines, wir müssen sie fragen und ins Gespräch kommen. Wir sollten sie nicht in eine Schublade stecken, ohne ihre Geschichte zu kennen. Das ist nicht immer einfach, aber ich versuche es dennoch jeden Tag. Wie man in den Wald hineinruft, so schallt es heraus. Ein ziemlich abgedroschener Spruch und doch ist er so wahr.

Der gute Wolf

„Ich hab's echt probiert", weihte Pokke Jan am nächsten Tag in seine misslungene Liebesbriefschreiberei ein. Jan hatte eine Tour durch den Wald vorgeschlagen, natürlich mit dem Auto, weil das ja seine Beine ersetzte und seine große Leidenschaft war. „Was soll ich ihr denn schreiben? Ich kann dich nicht vergessen oder: Isch liebe disch Baby, ruf misch an?"
Jan lachte laut los.
„Du bist vielleicht eine Pfeife!", grinste er und schlug ihm mit der flachen Hand liebevoll auf den Hinterkopf. „Du musst doch nicht gleich mit der Tür ins Haus fallen. Erzähl mir mal, was dir an ihr gefällt, dann finden wir sicher einen guten Start für deine schriftliche Offenbarung."
Die Räder rauschten unter ihnen und Jan hatte das Radio leise gedreht. Gerade lief Klassik.
„Ist das Debussy?", fragte Pokke.
„Was für 'ne Pussy?" Jan sah ihn an.
„Debussy!"
„Ach so ... nein, ich steh nicht so auf Klassik." Jan drückte ein paar Knöpfe, dann erklang eine chillige, Bass-lastige Lounge Musik.
Das war gut zum Reden.
„Gute Kapelle, sagt meine Mutter immer, wenn ihr eine Musik gefällt", meinte Jan.
„Was'n Spruch!" Pokke grinste breit. „Ganz schön alt."

Jan hatte unbändig gute Laune, denn am Morgen hatte er die Zusage für einen neuen Job bekommen. Schon bald würde er für einen großen Sportartikelhersteller durch Europa ziehen, um ein Netzwerk aufzubauen. Das war genau der Job, den er immer gewollt hatte. Nächsten Monat ging es schon los. Oslo war das erste Ziel seiner Reise. Vor Urzeiten war er schon mal dort gewesen. Er hatte sich unbeschwert bewegen können, weil alles barrierefrei war und die Menschen, die dort lebten, sich nicht über ihn wunderten nur weil er im Rollstuhl saß. Mega, dass Städte wie Oslo jetzt sein Arbeitsfeld sein würden. Davor galt es aber noch eine andere Reise anzutreten. Die Fahrt nach Holland! Er hatte es Pokke fest versprochen – und was Jan versprach, das hielt er auch. Er war ein Mann des Wortes. Darauf konnte man sich verlassen. Der Wagen legte sich geschmeidig in eine Kurve. Die Drehzahl stieg kurz an, dann wurde es wieder leiser.

„Wann fahren wir eigentlich zu Zoé? Du dürftest doch bald aus der Klinik kommen, so wie du jetzt aussiehst."

Pokke biss sich auf die Unterlippe. Es stimmte, er konnte die Klinik demnächst verlassen, das hatte ihm Schwester Dragoner zugesagt. Krankengymnastik sollte er aber weiterhin bekommen.

„Es kann sein, dass die KG Sie Ihr ganzes Leben begleiten wird", hatte sie ihm erklärt. „Auch wenn die Wunde jetzt gut verheilt ist, muss ihr Körper doch damit klarkommen, dass sich etwas verschoben hat. Das kann zu Muskelverspannungen und sonstigen Schiefständen führen. Bleiben Sie da dran, dann wird es ihnen gutgehen!" Sie hatte ihm zuversichtlich zugenickt.

Pokke hatte „Entschuldigung" gesagt.

„Für was?" Sie war auf dem Absatz stehen geblieben und hatte ihn verwundert angeschaut.

„Ich habe Sie neulich so genervt angeranzt." Anranzen ging irgendwie einfacher, als sich dafür zu entschuldigen.

Schwester Dragoner hatte über das ganze Gesicht gestrahlt.

„Na, das ist aber mal nett, junger Mann. Damit habe ich gar nicht mehr gerechnet. Aber wissen Sie was?" Sie kam ein bisschen näher und flüsterte halblaut in sein Ohr: „Ich bin manchmal auch etwas zu streng mit den Patienten, da geschieht es mir gerade recht, wenn auch mir mal ein kalter Wind entgegenbläst." Sie trat zurück. „Das ist gut für die Seelenhygiene."

Was immer sie damit auch gemeint hatte. So streng sie war, sie war eine Type und fehlte Pokke jetzt schon, wenn er an seine Entlassung dachte. Er hatte diesem Moment entgegengefiebert, aber neben der Vorfreude darüber schwirrten auch viele Fragen in seinem Kopf. Wie würde sein Leben da draußen weitergehen? Die Klinik war sein Schutz gewesen, auch weil hier so viele waren, die einen körperlichen Makel hatten oder denen Gliedmaßen fehlten.

„Bist du mit deinen Berufsplänen schon weitergekommen?", griff nun auch Jan das Thema auf.

„Noch nich", verschluckte Pokke nervös das t.

„Wann willst du damit anfangen?"

„Ich muss eins nach dem anderen machen ..."

„Aha, ich verstehe. Dann lass uns über Holland sprechen. Das ist doch eins, oder?" Schmunzelnd sah er zu Pokke rüber. „Vielleicht hast du nach dieser Reise tatsächlich mehr Ideen. Du willst doch noch hin, oder?"

„Na klar!"

Sie bogen in die Straße ein, die sie zu dem Imbiss im Wald geführt hatte. Wie es wohl der jungen Fahrradfahrerin ging?

„Ich fand die Radfahrerin neulich ziemlich lustig", sagte Pokke. „Und sportlich natürlich auch. Mit diesem Klapperrad den Berg hoch, auf die Idee muss man erst mal kommen."

„Es hat ihr nichts ausgemacht." Auch Jan hatte das Bild noch vor Augen. „Vielleicht war es gar kein Klapperrad, sondern ein stylisches Designerteil und wir zwei Banausen haben das einfach nicht erkannt."

„Sie sah für mich nicht so aus, als würde sie auf Markenzeugs stehen."

„Weiß du was?" Jan hielt kurz in einer Wegeinfahrt an. „Mir kommt gerade was. Du hast dir offenbar ein richtiges Bild von dem Mädel gemacht. Wie sie ist und was sie mag und was nicht." Er schien richtig irritiert. „Aber von deiner Zoé erzählst du gar nichts. Was gefällt dir an ihr? Warum willst du sie unbedingt wiedersehen?"

Hä? Was war denn mit Jan los. „Weil sie vielleicht toll ist", stotterte Pokke.

„Was noch?"

„Und lustig ..."

„Was noch?" Jan wedelte mit seiner Hand, als wolle er das Gespräch ankurbeln.

„Ach, sie gehört einfach zu mir. Sie versteht mich und ich verstehe sie."

„Wie kommst du darauf? Ihr hattet ein wenig Lagerfeuerromantik, aber nicht mehr, oder?"

„Weil ich es weiß", beharrte Pokke stur. „Weil ich es spüre. Genügt das nicht?"

Er legte seine Hand aufs Herz und ließ die Finger leise auf dem Brustkorb trommeln. Diese Geste hatte er bei Sängern wie Laith Al-Deen gesehen und fand sie gut.

„Bilder von dir ...", sang er leise. „Kennst du das? Einer von Sarahs Lieblingssongs." Er dachte wieder an Zoé. „Wir haben damals ganz viel geredet und Zoé hat immer wieder gesagt, wie krass sie es findet, dass wir die gleichen Gedanken haben. Ich finde es wichtig, dass man gut reden und sich austauschen kann." Peinliche Pause. „Und natürlich auch gut küssen." Peinliches Grinsen. „Aber mal im Ernst. Miteinander sprechen, sich gut verstehen und sich gegenseitig anschieben, um sich auf gute Ideen zu bringen, das ist doch ein Teil von Liebe, oder?" Jan sagte nichts. Das war außergewöhnlich. „Außerdem klopft mein Herz schneller, wenn ich an sie denke. Und ich habe große Sehnsucht nach ihr."

Wann hatte das kleine Pokkeldi eigentlich das letzte Mal so viel am Stück gesprochen? Jan konnte sich nicht erinnern.

„Na dann, nichts wie los nach Holland." Jan fuhr wieder los. „Bestimmt lassen sie dich schon vorher mal raus übers Wochenende. Du musst einfach sagen, dass du eine Familienfeier hast oder so was. Holland ist zu weit und geht nicht wegen des Versicherungsthemas."

„Und wie melde ich mich bei Zoé?"

„Ich schätze anrufen oder schreiben wäre eine gute Idee. Vielleicht ist sogar beides gut", überlegte Jan laut. „Sollte dir ja nicht schwerfallen, denn wenn sie dir fehlt, ist doch jede Form der Kontaktaufnahme recht."

„Und soll ich dann gleich was von dem Arm sagen oder erst später, wenn wir verabredet sind?"

Meinte er im Ernst, er könnte sich mit Zoé verabreden und dann am Schluss fröhlich anhängen: „Ach übrigens, mein Schnuckelhase, du kannst dich links jetzt prima an mich anlehnen, da ist nämlich nix mehr im Weg."

„Alter ...", Jan schüttelte den Kopf. „Du kapierst echt nix. So wie du jetzt aussiehst, das bist jetzt du. So ist dein Leben ab jetzt. Mach nicht lange herum und sprich die Fakten aus. Was soll denn schon passieren?"

„Na, dass sie auflegt und mich nicht treffen will."

„Und dann?"

„Na Shit und dann!"

„Was wäre denn, wenn sie dir sagen würde, dass ihre süßen Zöpfe ab sind und sie jetzt eine Glatze hat?"

Zoé mit Glatze? Was sollte das denn? Pokke wollte sich das nicht vorstellen, aber er ahnte, was Jan ihm damit sagen wollte: dass es nicht auf Äußerlichkeiten ankommt, wenn man in jemanden verliebt ist.

Was nicht stimmte, denn es kam permanent auf Äußerlichkeiten an. Vor seinem Unfall hatte er entweder die falschen Sneaker an oder das falsche Board unter seinen Füßen. Oder er hörte in den Ohren der anderen Scheißmusik oder sah überhaupt scheiße aus oder benahm sich wie ein Assi. „Bullshit, es gibt tausend Äußerlichkeiten, die das Leben mit den anderen in ein Minenfeld verwandeln können. Ein Schritt daneben und BOOM! fliegt alles in die Luft. Am Ende stehe ich in der Mitte, alle lachen mich aus und zeigen mit den Fingern auf mich."

„Das stimmt doch nicht", hielt Jan dagegen. „Ich habe Emely kennengelernt. Deine Klasse hat dir geschrieben. Das sieht nicht nach Sprengstoff aus. Vielleicht solltest du mal andere Gedanken nähren als deine Abrissstrategie."

„Guter Wolf, ich weiß. Guuuter Wolf", feixte Pokke.

Er musste sich erinnern:

In den letzten Wochen hatte er deutlich an Mut, Selbstbewusstsein und auch Selbstwertgefühl gewonnen. Da hatte sich etwas in ihm aufgebaut und ihn groß gemacht. Es war wie ein mächtiges Tier, ein Feuer speiender Drache, der nun wieder lebendig wurde, sich aufrichtete und langsam, aber sicher seine volle Größe annahm. Wie kam das?

- Er hatte eine junge Frau beschützt, die von ein paar Rockern angepöbelt wurde.
- Er hatte mit einem Mädchen nachts auf einer Wiese gelegen, in die Sterne geschaut und ihre Hand gehalten.
- Er hatte sich bei den Menschen entschuldigt, die er angeranzt oder verletzt hatte.
- Er hatte längst aufgehört Plunderteilchen mit Sahne zu zählen, geschweige denn die Dinger zu essen.
- Und er war dabei, eine Reise nach Holland zu planen.

„Guter Wolf – genau! Und wie ist jetzt der Plan?", fragte Pokke und grinste Jan an.

Nach meinem Unfall kam lange niemand aus meiner Klasse zu Besuch. Das lag aber nicht daran, dass ich niemanden bei mir haben wollte, sondern daran, dass es unmöglich war, auf der Intensivstation eine Fußballmannschaft an Leuten unterzubringen. Mir ging es damals auch noch zu schlecht. Die meisten kamen dann, als ich nach zwei Monaten auf einer normalen Station lag. Die Mädels standen 45 Minuten an meinem Bett und weinten. Die Jungs waren etwas cooler. Ich fühlte mich damals aber gar nicht mehr so schlecht, sondern war froh, dass ich leben durfte. Viele kamen nach diesem Tag nicht wieder. Sie ertrugen es nicht, dass ich nicht mehr der über zwei Meter Hüne von vor meinem Unfall war. Und die fehlenden Beine waren ein zusätzlicher Schock. Die Geschichte von meinem Unfall verbreitete sich wie ein Lauffeuer, weshalb ich keinem, der mich kannte, erzählen musste, wie es war. Heute ist das ohnehin kein Problem mehr für mich. Ich weiß gar nicht wie viele tausend Mal ich meine Story schon auf der Bühne oder sonst wo im Land erzählt habe.

Der Schlaumeier

„Also ..." Jan klappte eine Landkarte auf. „In Ermangelung eines funktionierenden Mobilfunknetzes habe ich mal old school eine Straßenkarte mitgebracht. Wir sind hier ..." – er zeigte mit dem Finger auf einen kaum sichtbaren Punkt inmitten von Grün – „Wir befinden uns quasi auf einer Insel inmitten eines großen, grünen Ozeans. In der es viele blaue Piranhas mit Schwesternhäubchen gibt. Man denke nur an Schwester Dragoner."

„Super Witz, Pokke", kommentierte Jan aber nur trocken zurück. „Also wir sind hier und da oben" – sein Finger wanderte auf der Landkarte – „da oben ist Holland. Wo genau geht denn nun unsere Ausflugsfahrt hin, mein Lieber? Ich weiß nur, dass Zoé in Holland wohnt. Holland ist nicht so groß, aber eben auch nicht so klein, dass alles in 20 Minuten zu erreichen ist. Außerdem haben die eine Geschwindigkeitsbeschränkung auf ihren Autobahnen. Und damit geht's eh nicht so schnell wie bei uns. Verstehste? Der Wagen kann's, aber die Vorschriften lassen Geschwindigkeit nicht zu, also brauchen wir Zeit."

Wie blöd war das denn? Pokke wusste nicht, wo Zoé wohnte. Sie hatten zwar damals neben den Nummern auch ihre Adressen ausgetauscht, aber die hatte Pokke, der Schlaumeier, ja zielsicher in einem Anfall von Selbstmitleid gelöscht, als er ein einarmiger Bandit geworden war.

„Du willst mir jetzt nicht ernsthaft sagen, dass du nicht weißt, wo sie wohnt?"

Egal ob Spaß oder Ernst, so war es leider.

„Ich hab die Adresse nicht", gab Pokke zu. „Aber ich finde sie raus, so viel ist mal sicher."

Dazu musste Pokke aber zumindest mit einem Betreuer Kontakt aufnehmen, der das Jugendcamp begleitet hatte. „Weil ohne Adresse wird's nicht gehen", murmelte er resigniert.

„Stimmt, du Spezi. Oder du schreibst einfach an Zoé in Amsterdam. Da wohnen ja nur knapp 900.000 Menschen. Das sollte doch für die Briefträgerin kein Problem sein. Klappt mit Sicherheit und braucht nur gefühlte 120 Jahre. Na gut." Jan faltete die Karte wieder zusammen und atmete abwartend durch. „Dann werden wir Plan zwei vorziehen."

„Und der wäre?"

„Du entschuldigst dich persönlich beim Lokführer."

Jetzt wurde Pokke mit einem Mal übel.

„Da … da … hab ich aber auch keinen Kontakt", stotterte er.

„Ja, aber du weißt, wo er arbeitet, und kannst ihn darüber ausfindig machen." Jan ließ nicht ab von seinem Plan. „Schätze, du hast jetzt ein bisschen was zu tun, mein Freund."

Die Sachlage brachte Pokke auch ohne Jans Nachhilfe zusammen. Er musste Zoés Adresse herausfinden. Dafür brauchte er die Telefonnummer des Betreuers und die bekam er, wenn er jemanden von seinen Freunden anrief, die mit im Camp gewesen waren. An erster Stelle waren das Emely und Sam. Sam, der seit der 5. Klasse sein Freund war – oder es zumindest bis zu jener Nacht gewesen war. Den Lokführer würde er finden, dabei konnte ihm sicher auch der Rechtsanwalt helfen, der sich gerade darum bemühte, dass eine mögliche Strafe glimpflich ausging.

Jan fand Pokkes Lösungsweg zum Lokführer gut. „Genau. Du schreibst den Brief, wir schicken ihn an den Anwalt und der Anwalt schickt ihn an den Lokführer. Der kann das machen, der hat mit Sicherheit einen Kontakt. Und wenn ihr in Kontakt seid und er sich – hoffentlich – bei dir meldet, dann ist es sicher schön, wenn du dich auch noch mal ganz direkt bei ihm entschuldigst. Aber ich würde einen Schritt nach dem anderen machen und beide sind gleichermaßen wichtig. Gut so?"

„Ja! So isses gut!" So furchterregend es für Pokke war, jetzt auch noch mit dem Lokführer Kontakt aufzunehmen, diese Lösung hatte er schließlich schon in der Nacht gut gefunden, als er seine Liste aufgestellt hatte. Jan schien auch begeistert zu sein, auch wenn er – merkwürdigerweise – nicht danach aussah.

„Du Angsthase!" Jetzt wurde Jan direkt. „Natürlich machst du das persönlich. Du hast ihn in die Situation gebracht, du erklärst das Ganze und entschuldigst dich." Seine Augen funkelten. „Du hast nur noch einen Arm, aber du bist dadurch ein ganzer Kerl geworden. Ein Mann. Und echte Frauen und Männer kneifen nicht. Und jetzt: aussteigen und loslegen!"

Nur zögerlich öffnete Pokke die Autotür. „Aber wir sind doch noch gar nicht in der Klinik", meinte er.

Jan sah sich um. Tatsächlich, das hatte er im Eifer des Gesprächs komplett vergessen. Sie hatten ja eine Pause eingelegt und die war nicht auf dem Parkplatz der Klinik, sondern an einem Waldspielplatz mit Café.

„Erwischt", lachte er laut los. „So was Dämliches. Also dann lass uns jetzt Kaffee trinken und anschließend gibst du Gas und schreibst den Brief an den Lokführer."

„Und du?", erkundigte sich Pokke neugierig.

Tja und ich, überlegte Jan beim Aussteigen. Ich mach hier dicke Sprüche, sag allen, was sie zu tun haben, und hab mit mir selbst genug zu tun.

„Was steht bei dir an?", fragte Pokke neugierig.

„Dazu später mehr!", beendete Jan das Thema. Wär ja noch schöner, dass mich so ein einarmiger Bandit in die Enge treibt, dachte er. Er griff in seine Jackentasche und fühlte mit der Hand eine kleine rote Schatulle, in der ein besonderer Ring lag. Den er schon viel zu lange mit sich spazieren fuhr. Aber der Augenblick war noch nicht gekommen.

Oft nimmt man sich etwas vor, das dann nicht ganz so schnell umgesetzt wird, wie man sich das vielleicht vorgestellt hat. Mir ist das etwas anders passiert. Ich wurde in den ersten Jahren nach meinem Unfall oft gefragt, ob sich der Fahrer des Lastwagens, der mich versehentlich in dieser Nacht überrollte, bei mir gemeldet hat. Immer wieder musste ich verneinen. Da er an diesem Unfall keine Schuld trug und ich keine schlechten Gedanken an ihn hatte, erwartete ich nicht, dass er sich überhaupt meldet. Eines Tages aber, es waren mittlerweile 19 Jahre seit dem Unfall vergangen, schrieb mich ein Mann namens Daniel an und eröffnete mir, dass er glaube, der Fahrer des LKWs zu sein, der mich in der Nacht vom 31.08.1992 überrollt hatte. Ich war sehr überrascht und als er weiterschrieb, dass er 19 Jahre lang gedacht hatte, dass ich gar nicht mehr lebe, musste ich doch kurz schlucken. Irgendjemand aus seiner Spedition hatte ihm ein paar Wochen nach dem Unfall mitgeteilt, dass der junge Mann, den er überfahren hatte – also ich –, gestorben war und es nicht geschafft hatte. Nach 19 Jahren hat er mich dann durch Zufall in einer Fernsehsendung gesehen und erfahren, dass die Geschichte anders war, als er fast zwei Jahrzehnte lang gedacht hatte. Drei Monate später trafen wir uns – und sind bis heute befreundet. Solche Geschichten schreibt nur das echte Leben.

Die große Erlösung

Der Ausflug mit Jan war nicht so heiter gewesen wie gedacht. Und jetzt sah Pokke schon von der Straße aus, dass oben in seinem Zimmer Licht brannte. Jonathan war offensichtlich da und wach. Zurück in diesen Pumakäfig zu müssen, war die Pest. Er hätte Ruhe gebraucht. Zum Nachdenken und weil er mit dem Brief beginnen musste. Wortlos stapfte Pokke am Pförtner vorbei und fuhr mit dem Aufzug hoch in den 5. Stock. Er war einfach nicht gut im Schreiben. Das war er nie gewesen. Als er vor seinem Zimmer stand, hätte er am liebsten vor Wut gebrüllt, dann riss er sich zusammen und trat ruhig ein. Jonathan lag überraschenderweise nicht im Bett, sondern saß an seinem Tisch und schrieb. Pokke trat näher, verblüfft, dass Jonathan freiwillig aus dem Bett gestiegen war. Nicht mal Kopfhörer hatte er auf den Ohren.

„Was machst du da?", erkundigte er sich ungläubig.

„Ich schreibe dir einen Brief." Jonathan sah unsicher von unten hoch. Er blickte etwas verängstigt, so als könnte Pokke ihn mit der Kraft seines verbliebenen Arms vom Stuhl reißen und durch die Luft aus dem Fenster wirbeln.

„Du schreibst mir einen Brief? Ich bin doch da, du Knallerbse! Wovon redest du?" Noch im Reden entdeckte er mehrere Papierknäule auf dem Tisch, die Jonathan mit der Hand sorgfältig geglättet hatte.

Es waren die vielen dilettantischen Briefversuche an Zoé, die – da Pokke auch kein einarmiger Topscorer war – verteilt neben dem Papierkorb gelandet waren.

„Hast du die etwa alle gelesen?", fragte Pokke fast verängstigt. Er versuchte, seinen Ton so sachlich und ruhig wie möglich zu halten. Er wusste noch nicht, ob er ausflippen, komplett ausrasten oder auf eine andere Art durchdrehen sollte. Möglichkeiten gab's viele. Jonathan sah nicht hoch, nickte aber. Vor ihm lag ein Block, eine Seite war bereits beschrieben.

„Ich wollte dir nur helfen", hörte Pokke ihn leise sagen, als er neben Jonathan am Tisch stand. Jonathan schob ihm das Blatt rüber, an dem er gerade schrieb.

Pokke wusste nicht, was er sagen sollte. Einerseits war er stinksauer, andererseits sehr gerührt, weil Jonathan ihm wohl zeigen wollte, dass er sein Kumpel sein könnte und – ja – sogar ein kleiner Autor war. Hatte er Pokke und Timo während der Krankengymnastik im Zimmer belauscht? Weil die so langweilig war, hatte Pokke nämlich immer wieder von dem Mädchen mit den schönen langen blonden Haaren geschwärmt. Auch mit Jan hatte er hier mindestens einmal über Zoé gesprochen.

„Ich fass es nicht", brummte er immer wieder, nahm dann aber das Blatt in die Hand und las die Zeilen, die Jonathan für ihn geschrieben hatte. Jonathans Schrift war klar und sauber. Nicht annähernd so ein schmieriges Gekrakel wie das, das er selbst fabrizierte. Pokkes Augen erfassten es sofort: Es las sich 1A, was Jonathan da für ihn aufgeschrieben hatte.

Liebe Zoé
Ich ahne, dass du mit keinem Brief von mir gerechnet hast, wie auch, wir hatten ja nur darüber gesprochen zu telefonieren. Leider hat das bis jetzt noch nicht funktioniert, denn ich bin seit Wochen in einer Klinik und habe hier keinen wirklichen Empfang. Vielleicht hast du unseren gemeinsamen Abend ja auch vergessen, ich hoffe aber nicht.

Dann schrieb er von der Klinik, wie es hier aussah und kam schließlich auch auf den Punkt, der viel wichtiger war als das Tannengrün und die Krankengymnastik mit Timo.

Ich habe einen großen Fehler gemacht, den ich nicht wiedergutmachen kann – zumindest was mich betrifft. Nach dem Feriencamp wollte ich meine Signatur auf eine S-Bahn sprühen. Es war Nacht und meine Freunde waren mit mir unterwegs. Ich wollte ihnen und mir etwas beweisen, bin aber mit der Spraydose in der Hand auf den Gleisen gestolpert. Und dann passierte das, was ich dir schon lange schreiben wollte, wozu mir aber der Mut fehlte. Ich habe mich sehr verletzt und bin seitdem hier in der Klinik, damit meine Wunden heilen. Es geht mir inzwischen ganz gut, aber ich muss ständig an dich denken. In der Nacht am Lagerfeuer spürte ich ein unsichtbares Band zwischen uns. Die Luft prickelte und wenn ich daran denke, gibt es nichts Schöneres für mich als die Vorstellung, dich wiederzusehen und in meinem Arm zu halten.

„Klingt doch ganz gut, findest du nicht?" Jonathan sah zu ihm hoch.

„Nicht nur das!" Pokke war wirklich erstaunt. „Es klingt besser als alles, was ich hätte schreiben können!" Er las den Brief hastig zu Ende. Ganz freundlich hatte Jonathan sich in seinem Namen verabschiedet und warmherzig gebeten, Zoé möge ihm doch ein Zeichen senden, ob er mit einem Wiedersehen rechnen dürfe. Das Einzige, was Jonathan nicht formuliert hatte, war die Tatsache, dass Pokke in jener Nacht seinen Arm auf den Gleisen verloren hatte.

„Woher kannst du das?", wollte Pokke wissen. „Das ist ja genial!"

„Ich lese gern", erzählte Jonathan mit einem Mal. „Und irgendwann möchte ich mal Schriftsteller werden."

„Du BIST doch schon einer", lachte Pokke laut los. „Darf ich das verwenden?" Er schwenkte den Brief hin und her. „Nur zur Anregung versteht sich!"

„Ich würde ihr aber schon noch schreiben, dass du nicht mehr derselbe bist." Jonathan fummelte mit den Papieren herum. „Vielleicht einfach ganz ehrlich und ohne große Schnörkel: Ich habe in dieser Nacht meinen linken Arm bei dem Unfall verloren. Deswegen bin ich in der Klinik. Ich war mir nicht sicher, ob du so ehrlich sein willst, darum habe ich nur etwas von Verletzung geschrieben."

Pokke setzte sich hin. Noch vor wenigen Tagen hätte er nicht so ehrlich sein wollen. Aber Jan, die Sternennacht mit Sarah, ja sogar Frau Obergrün, die KG und die Gespräche mit Timo, die Fahrten im Odenwald mit Jan – all diese Erlebnisse hatten etwas Großartiges mit ihm gemacht. Er schaute inzwischen aus einer anderen Perspektive auf den Unfall und auch auf sein neues Leben.

„Weißt du Jonathan ...", Pokke sah ihn an, „ich habe ein neues Lebensmotto, was meinen fehlenden Arm betrifft. Es heißt: Wer mich nicht so will, wie ich bin, darf weiterziehen,."

Jonathan grinste. Es war das erste Mal, dass Pokke ihn lebend sah und nicht nur schlafend und Töne von sich gebend.

„Den Satz merke ich mir. Der ist gut!" Jonathan sah auf den Brief. „Ich fummel dir das noch rein, dann kannst du ja entscheiden, ob der Brief so okay ist für dich. Auf jeden Fall freue ich mich sehr, dass ich dir helfen konnte."

Pokke strahlte und klopfte Jonathan auf die Schulter.

„Klasse Kerl! Klasse BRO! Frieden?" Er streckte Jonathan seine eine, inzwischen mega-starke Hand entgegen.

Genau dafür hatte Jonathan sich aus dem Bett gehievt und diesen Brief für Pokke geschrieben. Er hatte ein gutes Gefühl für emotionale Situationen und es freute ihn wahnsinnig, dass er Pokke weiterhelfen konnte.

„Warum ... Warum redest du nicht und wieso bist du eigentlich hier? Bei mir kann man es ja sehen, aber du ..."

„Du glaubst, ich hätte einfach nur zu viel Speck auf den Rippen?"

Eigentlich ja, dachte Pokke. Genauso hatte er es gesehen. Jonathan schwieg, aß und war wohl als Hobby einfach dick.

„Ich bin bei einer Wanderung gestürzt und habe mich schwer am Bein verletzt", erklärte Jonathan. „Aber ich habe überlebt."

„Und waren da noch andere mit dabei?", tastete sich Pokke sachte vor und ahnte, dass jetzt nichts Gutes kommen würde.

„Ja. Wir waren zu dritt. Ich habe seitdem nicht mehr viel gesprochen und merke, dass es mir auch jetzt grade schon reicht. Ich kann nicht darüber sprechen. Bitte lass mich jetzt." Damit stand Jonathan auf, wandte sich von Pokke ab und legte sich wieder in sein Bett.

Pokke stand wie eine Statue im Zimmer und wusste nicht, was er sagen sollte. Waren sie zu dritt losgegangen und nur Jonathan hatte überlebt? Oh Gott, wenn das stimmte ... dann hatte ... Nein, Pokke wollte das nicht mal weiterdenken. Manchmal war es besser, einfach die Klappe zu halten. Dies war wohl ein solcher Moment. Er schaute auf den Brief in seinen Händen.

„Du bist ein ganz Großer. Ich danke dir!", flüsterte er zu Jonathan hinüber, aber der hatte bereits seine Kopfhörer wieder auf den Ohren und war abgetaucht.

Das ist es, was ich vorhin sagen wollte. Wir stecken in Menschen einfach nicht drin. Manchmal sind wir negativ überrascht, manchmal positiv und dann gibt es auch noch den Moment, wo sich für uns etwas erklärt und auflöst. Freunde zu verlieren, ist wohl mit das Schlimmste, was Menschen passieren kann. Egal ob man jung ist oder schon älter. Freunde sind neben Familie das Fundament meines Lebens. Vielleicht werden auch Jonathan und Pokke irgendwann Freunde. Das ist heute nicht Teil dieser Geschichte. Aber es wird sie auf immer miteinander verbinden. Jonathan, der für einen Moment aus seinem Rückzug aufwacht, und Pokke, der gar nicht freundlich zu ihm ist. Trotzdem unterstützt Jonathan ihn auf seine Weise. Er tut das, ohne aufzurechnen, sondern einfach aus dem spürbaren Drang heraus, ihm zu helfen. Das gefällt mir sehr an ihm. Es geht nicht darum, im Umgang miteinander auf Vorteile zu hoffen oder sich gegenseitig etwas aufzurechnen. Sondern darum, als Zeichen seines Charakters und seines Stils etwas mitzubringen und es sprichwörtlich in die Schale zu legen, ohne dafür eine Gegenleistung zu erwarten. Damit tut man etwas Gutes und provoziert den Rückfluss der Energie des Universums. Eine schöne Grundeinstellung und ich bin dankbar, dass ich sie selbst schon lange und erfolgreich praktizieren kann.

Fahrt ins Glück

Es war so weit. Pokkes Entlassung stand an, aber es war nicht so, wie er gedacht hatte. Er war nicht unsicher und hatte auch keinen negativen Stress. Ganz im Gegenteil, Pokke fühlte sich stolz und mutig zugleich. Es war nicht so, dass er nur einen Arm verloren hatte, das konnte er jetzt und heute schon nicht mehr sehen. Er hatte zwar seinen Arm verloren, aber in den vergangenen Wochen unendlich viele Schritte nach vorn gemacht. Und natürlich nebenbei auch viel Blödsinn. Wenn er daran dachte, dass er noch gestern Nacht Sieger eines spontanen Rollstuhlrennens gewesen war, konnte er nur verblüfft mit dem Kopf schütteln. Mit einer Hand Sieger im Rollstuhlflitzen, die Prothese, die sie ihm jetzt in den letzten Tagen noch verpasst hatten, hatte er abgelegt. Sie steckte wie eine Antenne an der Rückenlehne hinter ihm. Fehlte nur noch, dass sie einen Fuchsschwanz in der Hand hielt. Sehr geil, dachte Pokke. Das war blöd und genial zugleich! Und Jonathan, der Rennleiter – Pokke musste lachen, wenn er daran dachte –, hatte sich panisch in eine der künstlichen Palmen auf dem Flur gerettet, weil Sofie aus der Abteilung drüber ihm fast mit Vollgas über beide Füße gefahren wäre. Ein Bild für die Götter. „Und Göttinnen!", hatte Sofie sofort berichtigt.
Auch Jonathan war über seinen Schatten gesprungen und hatte Pokke erst vor wenigen Tagen seine dramatische Geschichte erzählt. Es war in der Nacht gewesen. Sie hatten in der Dunkelheit miteinander durchs Zimmer gesprochen. Jonathan konnte sich vor Schock nicht mehr spüren. Weder sich noch seine Füße, weil er einen Unfall erlebt hatte, bei dem seine beiden Freunde am Berg abgerutscht und in den Tod gestürzt waren. Jonathan war von dieser Wanderung allein zurückgekehrt, die Suchtrupps hatten seine Freunde später tot in einer Schlucht geborgen.

„Ich habe mich einfach da hingelegt und in mir und um mich herum war alles ganz schwarz."

Mit dem Hinlegen hatte er auch aufgehört zu sprechen. Dann hatte er irgendwann zu schreiben begonnen.

„Das Erste, was ich geschrieben habe, waren deine Briefe." Seine Stimme war ganz weich geworden. „Am Tag danach habe ich wieder mit dem Tagebuchschreiben begonnen. Und jetzt werde ich die Geschichte von meinen Freunden und mir aufschreiben. Auch damit sie darin weiterleben. Und damit ich wieder richtig leben kann."

Ja, es war deutlich zu sehen, dass Jonathan wieder lebte. Pokke war begeistert, wie crazy und stark reflektiert dieser Typ war.

„Mein neues Hobby", posaunte Jonathan ständig, wenn er sich in einen Rollstuhl quetschte und auf die Mitleidstour versuchte, mehr Nachtisch zu erbetteln. Alter! Natürlich hatte das nicht geklappt. Schwester Dragoner hatte Jonathan so schimpfend aus dem Speisesaal gejagt, dass er fast aus der Kurve geflogen war. Der halbe Speisesaal lag anschließend vor Lachen über den Tischen.

Alles hatte sich verändert. Pokke fühlte sich wieder gesund und war auf dem Weg in sein neues Leben. Vielleicht würde er später mit Menschen in so einer Klinik arbeiten. Wieso denn eigentlich nicht? Ich könnte eine Cafeteria-Therapie entwickeln, dachte er, für alle, die im großen Stil Croissants, Plunderteile und Brezeln zählen.

Das war eine gute Idee, aaaaabbbber: Jetzt war erst mal etwas anderes dran. Schon ertönte mehrfach die Hupe eines Autos. Pokke schnappte sich seine Tasche und sprang aufgeregt die Treppen nach unten. Es war so weit. Jan und er würden heute wirklich nach Holland fahren.

Der Lehrer, der damals die Fahrt begleitet hatte und den Pokke sofort nach dem Gespräch mit Jan angeschrieben hatte,

hatte ihm schon eine Woche später die Adresse von Zoé aus Holland zugeschickt.

Jan erwartete ihn nun auf dem Parkplatz und sah so herausgeputzt aus, als würde Pokke heiraten und er wäre sein Best Buddy und Trauzeuge. Auch Pokke fühlte sich herausgeputzt. Er hatte die Nacht kaum schlafen können und war so aufgeregt, dass er fast überdrehte.

„Am liebsten würde ich mir ein paar Blechdosen für dich an den Auspuff hängen und dazu noch ein Pappschild schreiben mit der Aufschrift Soon married!" Jan schob sein Basecap etwas seitlicher in die Stirn. „Aber ok, BRO, wir lassen den Quatsch. Erst einmal geht es ja nur um ein Wiedersehen."

„Das hoffentlich glückt", sagte Pokke.

„Glaub einfach dran", konterte Jan!

Pokkes Herz schlug ihm bis zum Hals.

„Grüß sie von mir!" Jonathan winkte ihm aus dem Fenster zu und schickte einen Freudenschrei nach. „Deine Schuhe sind wieder auf, ich kann's von hier oben sehen! Okeeetschüüüü!"

„Das ist ein Vogel!", lachte Jan. „Sagt erst wochenlang gar nichts und dann legt er los, als gäbe es kein Morgen mehr und als wäre er Podcast Producer 24/7."

Pokke bückte sich und band sich die Schnürsenkel zu. Das war noch immer wie eine Zirkusnummer.

„Er hat mir die Vorlage für den Brief an Zoé geschrieben", gestand er von unten, ohne Jan anzuschauen. So zwei Schnürsenkel, die brauchen Zeit.

„Was?", rief Jan. „Den hast du gar nicht selbst geschrieben?"

„Jonathan ist mein Ghostwriter." Pokke richtete sich auf und drückte den Rücken durch. „Den braucht man doch heutzutage. Mein persönliches ChatGPT, das auch noch Rollstuhl fahren kann. Also ein Multitasking Tool." Er sah zu Jan. „Das hat nicht jeder. Ist sozusagen ein unbezahlbares Unikat."

Es war nicht zu übersehen: Pokke tat ein bisschen mehr auf cool und locker, damit Jan bloß nicht merkte, dass ihm der Arsch auf Grundeis ging, wie sein Vater dieses Gefühlsgemisch aus Aufregung, Vorfreude, Angst und Begeisterung immer beschrieb. Heute war der Tag, von dem er seit dem Abend am Lagerfeuer geträumt und den er sich erst gar nicht und dann doch hundertfach vorgestellt hatte. Er war auf dem Weg zu Zoé. Auf dem Weg zu seiner Prinzessin. In einem super Schlitten und mit seinem echten BRO an der Seite. Er würde Zoé nicht auf – aber hoffentlich in den Arm nehmen. Wenn es so kam, dann war seine Fahrt und alles, was damit zusammenhing „geglückt".

„Ich war auch extra noch mal in der Waschstraße". Mit einem Tuch, das Jan aus der Hosentasche zog, polierte er einen kleinen Wasserfleck an der Seitenscheibe weg. „Auch wenn das Teil bis Holland sicher wieder schmutzig wird – jetzt muss das Schmuckstück erstmal richtig glänzen."
Kaum hatte Jan den Wagen gestartet und war losgerollt, da hörten sie von hinten hektische Rufe. Es war Sarah, die atemlos an den Wagen gerannt kam.
„Hej, Jungs, ich habe euch noch ein paar Schnittchen zusammengepackt. Ist doch eine große Reise heute! Nicht, dass ihr mir unterwegs verhungert!"
„Das ist super!" Pokke umarmte sie aus der offenen Tür. Er bemerkte dabei gar nicht, dass er auch die Prothese einsetzte. Es ging gut mit ihr, aber sie fühlte sich noch immer wie ein Fremdkörper an.
„Dann fahrt mal gut und vorsichtig! Das wird ein grandioser Ritt. Ihr habt euch" – sie verbesserte sich – „du hast dich so lange darauf gefreut."

„Und wie!", bestätigte Pokke. Aber er kannte sich gut genug, um zu spüren, dass auch das irgendwie aufgesetzt war. Wollte er sich selbst Mut für den Tripp machen?

„Also wenn wir jetzt nicht langsam mal losfahren", machte sich Jan bemerkbar und zeigte auf die Uhr, „dann wird das nichts mehr mit der Ankunft am späten Nachmittag. Dann können wir irgendwo zwischenübernachten oder wir bleiben gleich hier in der Base."

„Los geht' s!", gab Pokke das Zeichen für den Start.

Jan gab Gas, sie winkten nach hinten und Sarah winkte zurück.

„Komm gut wieder zurück und vergiss mich nicht!", rief sie dem fahrenden Wagen nach.

„Eine Frau wie dich vergisst man nicht!", rief Pokke winkend zurück. Erst danach merkte er, dass sie in Einzahl gerufen hatte.

„Vergiss mich nicht? Hat sie dich oder mich gemeint?", fragte Pokke.

„Gute Frage!", erwiderte Jan, ließ ihn aber mit diesem Rätsel allein.

Sie fuhren durch Wald, über Hügel, durch goldgelbe Felder und obwohl Pokke eben noch gesprudelt hatte, als wäre er ein Brunnen auf zwei Beinen, war sein Herz jetzt auf einmal so voll und das Karussell in seinem Kopf drehte sich so schnell, dass ihm von sich selbst ganz schwindelig wurde. Jan fingerte am Radio herum, suchte eine passende Musik, entschied sich dann aber für seine Playlist.

„Wie wäre es mit Danny Fresh, kennste den?"

„Ja klar." Pokke zuckte mit den Schultern und setzte noch ein „Warum nicht?" hinterher.

Der Bass drückte durch die Boxen und der Liedtext flog durch die Ohren direkt in ihre Köpfe. „Es immer nur der erste Schritt, in den Tag, in die Welt, dieser schwerste Schritt, es kommt gar nicht darauf an, dass du der Erste bist. Nimm dir Zeit, dein Mut und dein Herz schlägt mit. Sie sagen aller Anfang ist schwer, bleiben auf der Strecke, ihnen fehlt die Ausdauer. Vertrau dir mal selbst, du kannst noch viel mehr, an manchen Tagen wirst du dich auspowern ..."

Es war wie ein gerapptes Mantra, das Pokke erreichte wie kaum etwas anderes, das er in den vergangenen Monaten gehört hatte. Es beflügelte ihn noch mehr, seinen eigenen Weg zu gehen. Der Film in seinem Kopf produzierte sich.

Sie schwiegen eine Weile, ließen den Wagen über den Asphalt gleiten und lauschten weiter der Rap-Musik. Der Superschlitten schnurrte leise und vertrauensvoll seinem Ziel entgegen. Er würde sie gut nach Holland bringen.

„Ich werde später auch ein tolles Auto haben", prophezeite Pokke in die Stille der Stimmung hinein. „Büffelst du dann mit mir für die Fahrprüfung?"

Er konnte sich nicht vorstellen, irgendwann wieder ohne Jan, seinen neuen großen Bruder, zu sein und wollte sich am liebsten jetzt schon für die Zeit seines ganzen Lebens verabreden. Jan hatte ihm so geholfen. Ohne ihn? Puh ... Pokke zuckte innerlich zusammen. Was wäre aus ihm geworden? Wo wäre er gelandet?

„Du gibst mir wirkliche Power, BRO", sagte er endlich und war erstaunt, dass er einen solchen Satz herausbrachte.

„Du gibst mir Power", erwiderte Jan.

Wie kann das sein, fragte sich Pokke im Stillen, weil er etwas Angst hatte, die Frage laut zu stellen. Da konnte schließlich alles Mögliche an Antwort kommen. Er und Jan Power geben? Wie denn? So jung und einarmig, wie er war. Er musste noch so viel angehen und hoffentlich auch erreichen. „Wie kann ich dir denn Energie geben? Du bist der Größte für mich!"

Jan legte kurz den Arm um ihn und steuerte den Wagen mit nur einer Hand.

„Siehst du", meinte Pokke trotzig. „Nicht mal das könnte ich."

„Mit Prothese schon!", widersprach Jan und machte ihn darauf aufmerksam, dass Pokke sehr wohl zwei Arme hatte, auch wenn der eine von ihnen niemals nach Schweiß stinken würde, denn Prothesen-Arme schwitzen ja nicht.

„Es ist doch so", sagte Jan in einem väterlichen Anfall, „dass wir Menschen einander immer brauchen und dafür da sind, einander zu helfen. Jeder ist einmal ein Stückchen weiter, erfahrener oder schlauer als der andere. Aber anstatt diesen Vorsprung auszunutzen oder sogar eitel zu werden, ist es doch schöner" – er sah Pokke schelmisch an – „jemandem eine Hand zu reichen und dadurch mitzuziehen, wenn er selber gerade nicht so kann, wie er will."

Der Unfall hatte Pokke eine ganze Zeitlang von so guten Gedanken abgehalten. Viel zu lange hatte er nur noch sich und den fehlenden Arm im Fokus gehabt. Aber das war zu verstehen, wenn man dann miteinander sprach und seine Gefühle nach außen brachte. Außerdem hat doch jeder Mensch irgendwo einen Knall, hatte ihm Jan mal gesagt. „An der ein oder anderen Stelle sind wir doch alle seltsam, bekloppt oder es fehlt irgendetwas. Und manchmal sind wir auch einfach zu eitel und selbstverliebt."

Jan hatte Pokke von einer Situation in seiner Anfangszeit als Rollstuhlfahrer erzählt. Er war damals voller Tatendrang gewesen und wollte, obwohl er noch nicht gut Rollstuhl fahren konnte, unbedingt in die Stadt zum Einkaufen gehen. Dann stand er plötzlich vor der Bäckerei, in der er früher immer eingekauft hatte, und sah zum ersten Mal die Stufen, die zu nehmen waren, um den Laden zu betreten. Die Stufen hatte er vorher nie wahrgenommen. Nun stand er also da und schaute sich die Auslage mit großen Augen durch die Scheibe an. Dabei bemerkte er nicht, dass sich eine ältere Dame neben ihn stellte und mit lauter Stimme fragte: „Na, junger Mann, auch hungrig? Ich könnte Ihnen etwas mitbringen." Jan war über die Offenheit der Frau so erschrocken, dass er erst mal gar nichts sagen konnte. Nach dem ersten Schock kam seine Stimme dann zurück und er hörte sich sagen: „Ein Plunderteilchen wäre schön". Er hatte aus dieser Situation gelernt, dass seine Mitmenschen durchaus hilfsbereit sind, auch wenn er in diesem Fall nicht den ersten Schritt getan hatte. Wenn man aber höflich nachfragte, hatte er erfahren, war die gemeinsame Lösung einer Herausforderung oft nicht weit. Das er später ein Kommunikationsass werden sollte, war ihm damals noch nicht klar gewesen. Diese Erfahrung brachte ihn aber weit nach vorn in seinem Leben.

„Wenn du dich heute an unsere erste Begegnung zurückerinnerst, was denkst du dann heute darüber?", wollte Pokke wissen. Er selbst hatte den Moment noch gut in Erinnerung, als Jan auf ihn zugetreten war und den Teller mit den Resten der Plunderteilchen mit Sahne zur Seite geschoben hatte. Damals hätte Pokke ihm am liebsten eine reingehauen, aber mit der einen Hand war das damals noch schwierig gewesen, zumal er auch noch auf einem Stuhl gesessen hatte. Auf einem Stuhl mit zwei Armlehnen. Heute war das dank Timo anders. Aber beim Armdrücken würde er immer noch gegen Jan verlieren.
„Ich wusste damals nicht wirklich, ob wir miteinander in Kontakt kommen", erinnerte sich Jan. Er sah zu Pokke. „Aber ich habe es mir gewünscht. Du sahst so aus, als ob du ein kluger Kopf bist, ein guter Kerl, ein Typ, dem das Leben eben ein bisschen scheiße mitgespielt hat, der aber bald seinen Weg findet, wenn er sich nur traut."

„Und das habe ich ja dann auch bald." Pokke lächelte. „Weißt du noch, wie wir an der Bratwurstbude waren?"

„Wie könnte ich das je vergessen?" Jan schüttelte ungläubig den Kopf. „Mannomann, was waren das für Typen!"

„Und wir bekamen die schönsten Bratwürste der Welt! Lola könnten wir doch auch mal wieder besuchen."

An dem Tag habe ich auch Sarah kennengelernt, fiel Pokke plötzlich ein. Er öffnete die Vespertüte, die Sarah ihnen mitgegeben hatte. „Hey krass, für mich ist sogar ein Plunderteil drin!"

Damit hatte Sarah ihn echt überrascht. Sofort wollte er sich ein Stückchen vom heiligen Plunder abbrechen.

„Wenn du mir hier das Auto einsaust mit deiner Krümelei, dann schmeiß ich dich aus dem fahrenden Wagen!" Jan nahm ihm energisch die Tüte aus der Hand. „Was das angeht, verstehe ich auch heute noch keinen Spaß. Ich saug dich in den Handstaubsauger ein und entleere deine erbärmlichen Überreste in Holland in eine Gracht. Also reiß dich zusammen! Gegessen wird, wann ich es sage, und das wird auch außerhalb dieses Wagens passieren. Darauf kannst du jetzt schon einen lassen, um auch an dieser Stelle mal an Jonathan zu denken!"

„Besser nicht!", erwiderte Pokke, dessen Bauch schon seit dem Morgen grummelte, so aufgeregt war er. „Aber es sind auch zwei hartgekochte Eier drin und die krümeln ja nicht."

„Das nicht, aber wer ein Ei isst, stinkt fürchterlich aus der Gosch. Und wer fürchterlich aus der Gosch stinkt, bleibt heute ungeküsst, mein Freund. Vergiss mal nicht, du hast heute noch etwas Richtungsweisendes vor, wenn wir da ankommen."

Das mit dem Ei war für Pokke neu. Aber er wäre froh gewesen, wenn Mundgeruch sein einziges Problem gewesen wäre.

„Jetzt mach dir mal nicht in die Hosen", beruhigte Jan ihn. „Lies doch mal vor, was sie dir auf deinen Brief geantwortet hat."

Pokke zog den inzwischen ziemlich zerknitterten Brief aus seiner Jackentasche und las vor:

Oh, wie schön! Das hat aber lange gedauert, das mit dem Letter.

„Sie kann nicht so gut Deutsch", erklärte Pokke.
„Besser als du Holländisch, du Simpel!", konterte Jan. Dass der auch immer schimpfen musste. Aber Pokke wusste inzwischen, dass es nur verpackte Liebeserklärungen waren. So war er nämlich, der Jan. Grins.
„Weiter ..."

Es ist böse, was dir passiert ist. Ich bin ein bisschen traurig deswegen. Aber für mich macht es nichts. Du bist ein guter Mensch und ich möchte dich gerne wiedersehen. Komm vorbei. Ich freue mich auf Dich. Deine Zoé

Jetzt mussten sie die Autobahn wechseln.
„Ich stelle mir schon vor, wie sie ganz überrascht schauen wird", fachte Jan das Liebesfeuer ein bisschen an, weil er den Brief gar nicht so sensationell fand, wie Pokke es ihm erzählt hatte. Dazu sagte er aber jetzt nichts.
„Sie wird mir die Tür öffnen, wir werden uns in die Augen sehen und wenn sie freundlich sind – was ich sehr hoffe –, dann YEAH! jag ich dich zum Teufel."
„Also ich bin nur der Fahrer und kann dann zusehen, wo ich bleibe?"
„Du bekommst ein paar Kinokarten von mir und zehn Euro für ein paar Fritten mit Fisch an einer Bude, die sind schon auch noch drin."
„Das wird nicht ganz reichen." Jan, der schon seit Jahren Teilzeit-Vegetarier war, schüttelte den Kopf. „Aber ich stehe dir be-

dingungslos zu Diensten, denn versprochen ist versprochen. Schau mal auf dein Navi. Wie viele Kilometer sind es insgesamt?"

Pokke nannte ihm die dreistellige Zahl und Jan pfiff durch die Schneidezähne.

„Junge, dann muss ich jetzt richtig Gas geben. Du hättest vorhin nicht so viel mit Sarah schnacken sollen!"

Stimmt, dachte Pokke. Aber es war schön. Dann fragte er: „Seit wann bist du eigentlich mit deiner Herzensdame zusammen und wie habt ihr euch kennengelernt?"

Auf diese Frage gab Jan sehr gern eine Antwort.

„Und stört es sie nicht, dass du ..." Pokke schluckte.

„Es sind doch nur meine Beine ab und wenn wir im Bett liegen, dann nehmen die schon mal keinen Platz weg."

Pokke wollte sich das nicht vorstellen, genauso wenig wie er es sich vorstellen konnte, irgendwann mit Zoé in einem Bett zu schlafen.

„Und was magst du an deiner Frau?"

„Du willst wissen, warum ich sie liebe? Das ist etwas anderes als mögen."

Pokke sah, wie Jan tief Luft holte, weil es wohl enorm viel aufzuzählen gab. Jan liebte es, seiner Frau Komplimente zu machen oder vor anderen darüber zu sprechen, wie glücklich und angekommen er war. Selbst wenn sie ihn in etwas unbeherrschten Momenten von der Seite anblaffte. Gerade gestern war das passiert, als sie zusammen mit Freunden Pizza gegessen hatten und er ihr das Salz reichen sollte – das dann ungeschickt neben den Teller fiel. Sie schnaubte ihn ein wenig an und rollte kurz mit den Augen. Aber Jan hatte nur über das ganze Gesicht gestrahlt und gemeint: „Ich liebe sie, selbst wenn sie mal so ist. Sie sieht einfach so süß dabei aus!"

Und schon hatte sich ihr Gesicht verändert. Sie hatte ihm die Hand gereicht, noch liebevoll „Mein kleiner Tollpatsch" gesagt und die Wolken verzogen sich sofort. Es gab viele Paare, die in Situationen wie diesen miteinander stritten, egal wer mit am Tisch saß. Männer und Frauen, die sich vom anderen sofort schlecht behandelt fühlten. Jan fühlte sich von seiner Frau nie schlecht behandelt. Wenn es doch mal Wölkchen am Himmel zu geben schien, dann sprachen sie darüber. Er liebte sie, weil es so innig und harmonisch zwischen ihnen war, gar nicht kompliziert oder schwierig, weil sie immer füreinander einstanden und jeder nur eines im Sinn hatte: dass der andere das Beste aus seinem Leben machen konnte.

„Sie ist meine Frau, meine Geliebte, meine Komplizin. Sie wird die Mutter meiner Kinder werden. Ich liebe sie allein schon dafür, dass sie in mein Leben getreten ist. Sie hat es mir erhellt und bereichert. Und das Beste daran ist, das sie das auch so empfindet" Das schreib ich mir gleich auf, dachte Pokke. Weisheiten wie von Konfuzius. Von seinen Eltern kannte er solche Sätze nicht. Nicht einmal in der frühesten Jugend, als sie noch zusammen gewesen waren, hatte er das Gefühl gehabt, dass sie einander wirklich liebten. Das wollte er für sein eigenes Leben unbedingt anders machen. Deswegen waren sie ja auch auf dem Weg.

„Und was ist an Zoé so wunderbar?", wollte Jan umgekehrt nun natürlich auch wissen. Das zu beantworten, war ein bisschen problematisch, weil Pokke nichts anderes einfiel, als dass sie schön war, sehr schön, ganz großartig schön, echt unglaublich schön, so krass schön, einfach traumhaft. Pokke wusste, dass so ein Schwärmen Jan nicht genügen würde. Schließlich hatte er schon einmal deswegen gebohrt. Weil er aber etwas sagen wollte, nahm Pokke alles in sich zusammen, was ihm einfiel und malte seine Traumfrau, also Zoé, perfekt aus.

„Sie hat viel Verständnis. Und sie gibt mir Kraft, weil auch sie manchmal schwach ist und mich dann braucht. Mit ihr kann ich Blödsinn machen. Abenteuer erleben. Wir können uns gegenseitig etwas erklären, helfen, uns zu verstehen. Oder andere zu verstehen. Sie zeigt mir Dinge, die für mich neu sind, oder erinnert mich daran, wie schön etwas einmal war. Man kann mit ihr die Sterne betrachten."

„Die Sterne?"

„Ja, Sternbilder."

„Was weißt du denn davon?"

„Na, es gibt zum Beispiel das Sternbild des großen Urmel."

„Und das des großen Schwachkopfs auch."

„Bestimmt. Ist das nicht sogar dein Sternzeichen?"

Jan blickte rüber.

„Alter!" Er nickte anerkennend.

Es ist schwer, es nicht zu merken. Pokke fiel mit einem Mal auf, dass es da eine Verdrehung gab. Sie waren auf dem Weg zu Zoé, aber beschrieben hatte er gerade Sarah. Das war komisch, weil es ihm gut gefiel. Und über Sarah wusste er in der Tat ja viel mehr als über Zoé. Manchmal fällt der Groschen eben nur pfennigweise sagte man früher, als es noch Groschen und Pfennige gab.

„Können wir bitte sofort umdrehen?", fragte Pokke mit einem Mal ziemlich aufgeregt.

„Pause machen? Meinst du das? Musst du pullern?"

„Nein, sofort umdrehen! Andere Richtung!"

Fast griff Pokke Jan ins Lenkrad, so wach war er mit einem Mal – und so klar sah er das, was er vorher übersehen hatte.

Vergiss mich nicht! Das hatte Sarah zum Abschied gesagt.

„Ich bin so ein Trottel!", gestand sich Pokke jetzt laut selbst ein.

„Beinahe hätte ich's vermasselt!"

„Und ich dachte schon, du merkst es nie", freute sich Jan und wuschelte Pokke mit der rechten Hand kräftig durchs Haar. Er fuhr langsamer, bremste, wendete den Wagen und dann fuhren sie wieder in die andere Richtung. Dahin, wo die Frau auf Pokke wartete, die an seine Seite gehörte. An die Seite mit dem Arm und an die, wo kein Arm mehr war.

Adieu!

Die Cafeteria lag im Sonnenschein. Vielleicht hatte jemand die Fenster frisch geputzt, aber selbst dieses frische Licht hätte die Stimmung im Raum nicht besser machen können. Ein Strahl Sonnenlicht fiel auf einen größeren Tisch, der wie für eine Geburtstagsfeier fein eingedeckt war. Marlon hatte eine Tischdecke aufgelegt, in der Mitte standen zwei Blumenvasen mit Wiesenblumen und es waren Teller und Tassen für mehrere Leute zu zählen. Zwei der Gäste saßen schon am Tisch, eine von ihnen war die Person, um die es heute vor allem ging. Die beiden hielten sich an den Händen und tuschelten verliebt miteinander. Wer genau hinsah, konnte fragende Blicke, leise Versprechungen und viel Verbundenheit erkennen. Es waren Sarah und Pokke. Klar – wer sonst?

„Die beiden sehen so smash aus", meinte Jan zu Marlon. Er war gekommen, weil er einer der wichtigen Gäste war. „Das Wort habe ich vor Kurzem von meiner kleinen Nachbarin gelernt. Smash. Wenn etwas richtig schön ist, dann ist es smash."

„Dann solltest du erst mal den Kuchen probieren", lachte Marlon. „Der ist heute nämlich auch Double Smash."

„Auf dem Tisch sehe ich aber nur Plunderteilchen", sagte Jan.

„Ohne Sahne!", erwiderte Marlon. Beide lachten laut los. Plunderteilchen ohne Sahne! Waren die hier wirklich runterzukriegen?

„Die Plunder sind heute eher nur Dekoration", weihte Marlon Jan weiter ein. „Wir dachten, eine kleine Erinnerung an den Anfang wäre ganz schön. Es ist ja immer gut, wenn man sich erinnert, woher man kommt."

„Wenn es um die Erinnerung geht", kam eine dunkle Männerstimme näher, „dann gehöre ich wohl auch in diese Runde." Es war Doc Georg. Für die Verabschiedung von Pokke war er rechtzeitig aus dem Urlaub zurückgekommen. Denn er wollte diesen historischen Moment natürlich nicht verpassen. „Nicht jeder Patient bekommt solch ein Festmahl!" Er blickte anerkennend zu dem Tisch. „Warum ausgerechnet Pokke? Was habe ich verpasst? Bei meinem letzten Blick auf ihn hing er hier in den Seilen wie ein Schluck Wasser in der Kurve."

„Weil er es in kurzer Zeit geschafft hat, nicht nur selbst wieder auf die Beine …" – Jan verbesserte sich – „in seinem Fall auf die Hand zu kommen, sondern weil er auch gelernt hat, sich um sich selbst zu kümmern und ein wahrer Freund zu sein. Er hat seinen Mut entdeckt, hat sich dort entschuldigt, wo es angesagt war, und Menschen, die anders sind als er, eine Chance gegeben."

„Du denkst an Jonathan, stimmt's?", mischte sich Marlon ein. Jan nickte. „Aber das ist nicht alles", fuhr Marlon fort. „Den schön gedeckten Tisch bekommt er auch, weil er in den letzten Tagen hier in der Cafeteria viel geholfen hat."

„Mmmhmmm", grinste Jan breit. „Was das angeht, kenne ich seine Motivation aber ganz genau. Sie hat zwei lange Beine und kastanienbraune Haare."

„Na gut", räumte Marlon ein und stellte sich näher zu Georg, „er war vor allem wegen Sarah hier. Aber zu zweit haben sie die Cafeteria echt gerockt. Sogar das Kuchenangebot wurde erweitert. Außerdem haben wir jetzt einen anderen Bäcker für die Plunderteilchen."

„Pokke geht es richtig gut, aber nicht nur wegen Sarah." Das wollte Jan so nicht stehen lassen. „Die Liebe eines Menschen ist sehr viel wert, aber die Liebe, die du dir und deinem Körper selbst schenken kannst, verändert alles von Grund auf. Und sie macht auch etwas mit deiner Ausstrahlung."

„Es spielt keine Rolle, was es ist, Hauptsache es hilft", meinte Georg.

„Und wenn jemand durch Plunderteilchen gesund wird?", fragte Marlon.

„Die Plunder waren keine Medizin für Pokke, sondern ein Hilferuf", warf Jan ein.

„Ach du meine Güte", stöhnte Georg. „Was muss meine Frau von mir denken? Jetzt verstehe ich, dass sie mich immer so fragend anschaut, wenn ich morgens Nussschnecken esse. Sie begründet das aber mit dem Fettgehalt der Teile."

„Dabei ist es eigentlich ein Schrei nach Liebe", puffte Jan ihn in die Seite.

„Bleiben Sie ruhig stehen", sagte Schwester Dragoner und gesellte sich zu ihnen. „Ich nehme gern an Männergesprächen teil, um zu hören, welche Weisheiten sie untereinander austauschen."

„Das gilt natürlich auch umgekehrt", erwiderte Marlon und machte ihr Platz. „Sie dürfen auch gern ein bisschen aus Ihrem Nähkästchen plaudern. Was sagen Sie? Wie hat sich der Junge gemacht?"

„Fantastisch!", freute sich Schwester Dragoner. „Er hat bewiesen, dass man auch in schwierigen Lebenssituationen mit Mut, Willen und den richtigen Menschen an seiner Seite ein großes Stück vorankommen kann. Ich glaube, das wird heute eine wunderbare Verabschiedung." Sie sah aber nicht nur fröhlich, sondern auch ein bisschen nachdenklich aus.

„Ich werde mir seine weitere Heilung auf jeden Fall immer wieder anschauen", erklärte Georg.

„Richtig", nickte die Schwester. „Aber ich habe noch einen anderen Gedanken im Kopf. Mal sehen, wann ich den anbringe." Damit ging sie auf den Tisch zu.

Die Männer blieben zurück und runzelten die Stirn.

„Gehen wir auch." Marlon gab Georg einen Stups. „Ich glaube das Fest kann beginnen."

Er griff sich die Kaffeekannen und trug sie zum gedeckten Tisch. Nach kurzer Zeit waren viele Menschen miteinander in angeregte Gespräche vertieft. Darunter auch Jonathan, der sich interessiert mit Timo unterhielt. Pokkes Mutter war angereist, um ihn abzuholen. Außerdem kamen auch immer wieder verschiedene Patienten an den Tisch, um ihm viel Glück zu wünschen, sich zu bedanken, Pokke Adressen zuzustecken oder einfach nur „Mach's gut!" zu sagen.

„So eine Klinik ist wie ein Internat. Es kommen immer neue Menschen, die eigentlich gern wo anders wären, andere nicht leiden können, am Schluss noch Blödsinn machen und streiten, aber zu guter Letzt doch zusammen kommen und gesünder sind als vorher. Viele verlassen die Klinik mit Dankbarkeit und einer Träne im Auge", meinte Schwester Dragoner.

„Das schreib ich auf", vermeldete Jonathan laut. „Das ist doch ein guter Plot für eine Story! So ein Typ wie Pokke" – er errötete leicht – „oder wie ich hat einen Unfall, kommt in eine Klinik und ..."

„... es beginnt damit, dass er Plunderteile oder Brezeln zählt!", klatschte Jan auf den Tisch. „Am Schluss sind eben keine Figuren mit wahren Personen zu vergleichen."

Alle lachten laut los und viele der anderen Gäste blickten immer wieder zu dem Tisch. Was war denn da los? Bei nicht wenigen kam die Hoffnung auf, irgendwann auch so fröhlich und geerdet diese Klinik verlassen zu können.

Wenn das geschah, dann sicher mit der Hilfe vieler Menschen, die hier arbeiteten, aber auch durch die Hilfe von Menschen wie Jan.

„Und hast du schon einen neuen Fall im Auge?", wollte Georg von Jan wissen und sah sich heimlich in der Cafeteria um. Jan machte ein Zeichen mit seiner Hand, dass er jetzt erst einmal eine Pause brauchte.

„Ich beginne bald einen neuen Job und ich werde meine Herzensdame fragen, ob sie mich heiraten möchte", weihte er den Doc ein. „Und ich wünsche mir nichts sehnlicher, als dass du mein Trauzeuge wirst. Kann ich auf dich zählen?"

„Nur wenn ich auch Pate des ersten Kindes werden darf!", bestand Georg auf einer familiären Verbindung über die bevorstehende Hochzeit hinaus.

Es war wirklich eine großartige Stimmung an dem Tisch. Sarah und Pokke saßen an der einen Ecke ganz nah beieinander.

„Ich bin froh, dass ich meinen Arm verloren habe, sonst hätte ich dich wohl nicht getroffen", versuchte Pokke eine Liebeserklärung der besonderen Art zu platzieren.

„Ich hätte dich auch mit zwei Armen genommen." Sarah lehnte sich an Pokke. „Obwohl deine eine Hand, eben, weil sie jetzt so allein ist, sicher viel sensibler und stärker geworden ist als vorher."

Ja, dachte Pokke, ich spüre mit ihr tatsächlich viel mehr und intensiver. Und vor allem kann ich mit dieser Hand einen Stift, Pinsel und sogar auch eine Spraydose halten. Ich werde meinen Namen nicht mehr irgendwohin sprühen, aber sicher werden Farben und kreative Botschaften ein Teil meines Lebens bleiben.

„Und willst du wirklich Kunstlehrer werden?", hakte Sarah prompt nach.

„Etwas Kreatives soll es auf jeden Fall seins. Mit den heutigen technischen Mitteln ist mein Arm gut zu ersetzen, ohne dass ich die Prothese brauche."

„Es ist schade, dass Sie so weit weg wohnen", wandte sich Pokkes Mutter Sarah zu. Sie fand, dass Sarah einen guten Einfluss auf ihren Sohn hatte.

„Es ist auch schade, dass du so weit weg von uns wohnst, Mama", grinste Pokke breit, „denn ich werde meine Ausbildung hier in Heidelberg machen. Ganz nah bei meiner Sarah"

„Ach so?", staunte sie nicht schlecht, dachte aber gleich darauf: Warum eigentlich nicht? Das Heidelberger Klima hat ihm bis jetzt doch auch gutgetan! Wir werden einen guten Weg finden. Insgeheim hoffte sie, dass auch Pokkes Vater irgendwann wieder zur Familie gehören würde. Vielleicht gab es doch eine Verbindung, die zu leben war. Vielleicht eine Freundschaft? War das möglich?

Auch Jonathan hatte einen neuen Freund gefunden, das war ihm anzusehen. Es war Marlon. Regelmäßig trafen sie sich am Abend, saßen in der geschlossenen Cafeteria und spielten Karten. Natürlich nicht um Geld. Jonathan hatte ein paar Zaubertricks drauf, die Marlon unbedingt von ihm lernen wollte. Jonathan war eben ein echter Crack und kannte Kartentricks noch und nöcher. Wenn Marlon ihn übers Ohr haute, stampfte er auf und schrie dabei „Aua!". Wenn das passierte, freuten sich beide wahnsinnig, denn sie wussten, dass Jonathan wieder angefangen hatte, sich zu spüren.

Als das Kaffeetrinken zu Ende und die Sonne ein Stück weiter über den Wald gewandert war, stand Pokke auf, um sich von allen zu verabschieden. Auch die Gäste ruckten mit den Stühlen, nahmen einen letzten Schluck Kaffee im Stehen, um sich dann wieder ihrem Alltag oder ihrem Leben zuzuwenden. Sie klopften Pokke auf die Schulter und winkten einander zu. Abschiedsgrüße wie „Servus Alter!", „Auf bald, Pokke!" und „Mach's gut, du Bandit" waren zu hören. Es war sehr schön, aber doch auch wehmütig, die Klinik verlassen zu müssen. Schließlich war sie mit all ihren Ecken und Kanten und den Menschen, die sie füllten, Pokkes Familie geworden.
„Wie ich schon sagte: ein Internat", meinte Schwester Dragoner und strich sich den Kittel glatt.

Pokke, seine Mutter und Sarah gingen langsam zum Ausgang. Ein bisschen traurig war Pokke wirklich. Nicht nur wegen Sarah, die würde er ja ganz bald wiedersehen. Er hatte allen Danke gesagt. Es war gut. Aber am liebsten hätte er noch mal eine Runde gedreht, um wirklich allen die Hand zu schütteln und sich für jedes positive und aufbauende Wort zu bedanken.

Als sie bereits am Ausgang waren, hörte er von hinten ein lautes Rufen. Es war Schwester Dragoner.

„Moment mal, junger Mann!", rief sie. „Halt! Sofort stehen geblieben!"

Und weil man einer Schwester Dragoner keinen Befehl verweigerte, auch weil ihre Stimme in dieser Tonlage einfach durch Mark und Bein ging, blieb Pokke an dem Fleck stehen, wo er gerade war, während seine Mutter und Sarah seine Sachen nach draußen trugen.

„Habe ich etwas vergessen?", dachte Pokke laut. Nein, er hatte alles eingepackt. Er war bei allen Ärzten und Krankengymnasten gewesen. Timo hatte ihm eben sogar noch ein kleines Handout zugesteckt, dass er für Pokke zusammengeschrieben hatte. Darin waren die besten Übungen vermerkt, die bekannte Sportler und Sportlerinnen empfahlen. Er ging ein Stückchen auf die Schwester zu.

„Kommen Sie", sagte sie und packte ihn am Arm. Energisch zog sie ihn in den Gang zurück und sie spazierten wieder auf die Cafeteria zu.

„Was ist denn?", fragte Pokke ungeduldig. „Hab ich doch was liegen lassen?"

Doch Schwester Dragoner sagte nichts, sondern schob ihn durch den Gang und wieder in die Cafeteria, wo sie eben noch seinen Abschied gefeiert hatten.

„Da schauen Sie mal!" Sie zeigte auf einen Jungen, der einen großen Verband am Fuß trug. „Schwere Verletzung", erklärte sie und sah Pokke an. „Was mir aber mehr Kummer macht, ist die Tatsache, dass er angefangen hat Plunderteile zu zählen."

„Wie viele sind es bereits?", fragte Pokke, als Experte.

„So an die 30, es könnten aber auch schon 40 sein."

„Aber ich kann mich gar nicht an ihn erinnern." Pokke kramte sein Hirn durch, kam aber zu keiner Erleuchtung.

„Er hat sich erst heute zum ersten Mal in die Cafeteria gesetzt." Und er sah nicht gut aus, wie er da so kraftlos in seinem Sessel hing.

„Jetzt sind Sie dran junger Mann!" Schwester Dragoner baute sich beeindruckend vor ihm auf. „Zeigen Sie ihm, was das Leben noch zu bieten hat. Sie sind jetzt ein Fachmann auf diesem Gebiet. Ich vertraue Ihnen."

„Der Auftrag ist angenommen", erwiderte Pokke mit kräftiger Stimme. Er wusste natürlich, dass es eine große Aufgabe war. Aber auch, dass er sie meistern konnte. Schwester Dragoner nahm Pokke in den einen wunderbaren kräftigen Arm. Genau den, den die eine dunkle Nacht ihm geschenkt hatte.

Jeder kann jedem helfen. Es ist ein tolles Gefühl, das zu tun. Jemanden ein Stück seines Weges mitzunehmen und zu stützen, wenn er oder sie grade nicht so kräftig ist, um das selbst zu schaffen, ist aus meiner Sicht ein Geschenk. In meiner Vorstellung ist jeder einmal dran, das zu tun – und vielleicht besonders die Menschen, die ihr Geschenk des Lebens ein weiteres Mal tief erfahren haben.

In diesem Sinne! Bleibt gesund, fröhlich und geht den ersten Schritt, denn die Reise geht weiter ...

Danke

Ich danke dem starken Fundament meines Lebens; meiner großartigen Familie & meinen Freunden.

Meiner Frau Annika, meinen Kindern Emely, Hanna & Georg, meinen Eltern Regine und Dieter, meinen Brüdern Benjamin & Daniel und meiner Schwester Lisa.

Danke für Eure Liebe und die Unterstützung all meiner Lebensträume.

Ich danke Angela, die seit diesem Jahr nicht mehr bei uns ist, aber viel Gutes und Nachhaltiges für mich hinterlassen hat. Ich werde voller Freude an die gemeinsame Zeit denken, sie war immer besonders.

Ein herzlicher Dank geht an meinen Freund Max Beyersdorf, für seine echte & tiefe Freundschaft, die in diesem Jahr volljährig wird und auf die ich mich in jeder Situation meines Lebens verlassen kann. Danke für Deine große Unterstützung und Deinen Glauben an mich. Unsere Reise geht grade erst los!

Ein ewiger und herzlicher Dank, geht an meinen Freund Dr. Georgios Adamidis. Wegen ihm darf ich noch heute leben und konnte Euch voller Freude & Energie dieses Buch schreiben. Er hat mir vor über 30 Jahren schon vorgelebt, dass nahezu alles möglich ist, wenn man es wirklich will. „Deine Arme sind Dein Kapital mein Junge, pass gut auf sie auf" war einer seiner prägendsten Sätze für mich. Meine Unfallnacht hat eine lebenslange starke Verbindung & Freundschaft zwischen uns geschaffen.

Ein herzlicher Dank geht an meine Freunde & Coaches Christine Weiner & Bernd Görner, für die Idee zu diesem Buch und die erneute gemeinsame und erfolgreiche Umsetzung dieses Projekts. Ihr seid auch menschlich eine große Bereicherung für mich und ich freue mich auf alles, was da noch kommt.

Danke an „Danny Fresh" für Deine musikalische Inspiration. „Der erste Schritt" ist immer der wichtigste.

Ich danke der Volksbank Darmstadt-Mainz für eine starke Partnerschaft, die schon viele Jahre andauert. Ihre Stiftung „Hoffnung für Kinder" liegt mir besonders am Herzen. Gemeinsam machen wir den Weg frei!

Von Herzen danke ich meinen Freunden Dr. Ralf & Ute Seidler für Ihre große Unterstützung meiner Projekte.
Ihre Unternehmung, die Schwindt Digital GmbH, ist ein starker Partner auf meinem weiteren Weg.

Ein großer Dank geht an meinen Sponsor Sunrise Medical GmbH für sein Engagement rund um meine tägliche Mobilität. Seit 25 Jahren nutze ich ihre Produkte aus Überzeugung. Mit ihren Handbike Modellen stellte ich Rekorde auf und schrieb Geschichten, die unvergessen bleiben.

Herzlichen Dank an alle Leserinnen und Leser!

Die Reise geht weiter...ONE LOVE.
Euer
Flo Sitzmann